竜使《りゅうし》の花嫁

新緑の乙女は
聖竜の守護者に
愛される

ショコラ
明るく、好奇心旺盛な竜。
アリーシアに懐いている。
グラントリー・シングレア
聖竜を守護するシングレア伯爵
にして、飛竜便を営むシングレア
商会の会頭。
アリーシア・バーノン
子爵家の令嬢だが、屋敷内で冷
遇されている。ジェニファーの代わ
りにグラントリーに嫁ぐことに。
登場人物
紹介
Characters

ハロルド・バーノン
アリーシアの父、バーノン子爵。自分の商売とアリーシアの亡き母親以外、興味がない。
ライナー
飛竜便の所長。人情に厚く、アリーシアのことを気にかけている。
ハリエット・バーノン
アリーシアの義母、バーノン子爵夫人。プライドが高く、娘のジェニファーを溺愛している。
ジェニファー・バーノン
アリーシアの義姉。父の裏切りを知りアリーシアにきつく当たっている。

Contents

プロローグ　なにもかもなくした日

カリカリという生真面目なペンの音が事務所の中に響く。

「冬の初めの雪嵐が吹きすさぶ中でも、皆様が暖炉の前で温かい香草茶を楽しめますように、と。できた！」

アリーシアは、一二歳の少女には少しばかり高すぎる大人用のテーブルの上に、使っていたペンをことりと置き、足をぶらぶらさせながら奥のドアの向こうに大きな声で呼びかけた。

「ライナーさん！　終わりました！」

「終わったか！　ありがたい」

声と同時に奥のドアが開いて急いで出てきたのは若い男性で、アリーシアの書いた紙をすぐに取り上げた。茶色の髪と、髪より少し明るい茶色の瞳のライナーはおそらく二〇代だと思うのだが、よほど優秀らしくまだ若いのにこの事務所の所長を任されている。

「なになに、こちらでは秋の終わりに鮮《あざ》やかに色づいた木の葉も落ち？　あー、もう、なんでこの国はこう説明が長いんだよ……」

二枚にわたる紙は、アリーシアが翻訳《ほんやく》したアルトロフという国からの注文書だ。ライナーはざっと紙に目を通すと、テーブルに静かに紙を置いてうなだれた。

「で、結局これ、こんなに長くても、一一月いっぱいまでにオレンジを二箱分の注文ってだけなんだよな？　今、一一月の半ばなんだけど」

「そうみたいです」

アリーシアはクスリと笑った。その注文の他はすべて時候の挨拶《あいさつ》で、簡素を旨《むね》とするこの国の習慣とは相性が悪い。しかも、馬車で二ヶ月かかるアルトロフとは言葉も文字も大きく異なる。そこで、まだ幼いながらも母親がアルトロフ出身で翻訳ができるアリーシアが重宝されているというわけである。

「そりゃあ確かに飛竜便《ひりゅうびん》の出番だよなあ」

馬車では二ヶ月かかるが、飛竜なら二日で到着する。一一月半ばの今なら、定期の飛竜便を使えば月末には余裕で間に合うというわけだ。もっとも運賃は非常に高価である。

ここは、その竜を使った飛竜便の事務所なのだ。外ではタイミングよく悲鳴が上がり、ばっさばっさと風を煽《あお》る音とともに、ドシンという着地音がした。アリーシアは目をきらめかせた。

「もしかして、竜？」

「見たいのか？　竜は怖いってのがたいていの女の子なんだがな。近くには寄るなよ。ほら、今日のお駄賃」

ライナーはアリーシアの手のひらに銀貨を二枚置いた。

「お母さんの具合はどうだい？」

「あんまりよくないの。とにかくご飯を食べてくれなくて」

アリーシアの顔が曇る。

母子二人暮らしのアリーシアの家は、少し変わっている。父はたまにしか顔を出さない。もとはといえば、アルトロフに商売に来た父と出会った母は恋に落ちたが、家族に反対され駆け落ちをしてきたということらしい。

「それは嵐のような恋だったの」

母のセシリアは今でも夢見るように話すが、アリーシアには恋というものはよくわからなかった。町の外れの庭付きの一軒家に住み込みのばあやが一人。一ヶ月に一度ほどしか来ない父を待って暮らす母は、寂しそうではあったが確かにいつも幸せそうにしていた。

アリーシアから見てもあまり得意ではなさそうな家事をそれでも楽しそうにこなし、たまに来る父に手料理を振る舞っては父と微笑み合う母は、父ととても仲がよさそうだった。

商売をしているらしい父は、長い行商にも出る。そんな時には三ヶ月から半年も帰ってこないことがよくあった。だが今回ばかりは不在が長すぎた。

父が来なくなったのは今から二年前のことだ。

「セシリア。今度の旅は長くて、一年ほどかかる。この旅が終わったら、もう少し一緒にいられるようになると思うから、待っていてくれるか」

そう言った父は、涙を浮かべる母の緑の瞳を覗《のぞ》き込み、その金の髪に愛しそうに触れた。黒や茶色の髪が多いこの国では、母のような淡い金髪や緑の瞳はとても珍しい。父もこの国の人らしく、まっすぐな黒髪に青い瞳だ。アリーシアはおさげにした自分の髪を眺めた。父に似たまっすぐな黒髪は、三つ編みにしてもすぐにさらさらとほどけてしまう。母のような明るい色の柔らかい髪がよかったのにと口をとがらせそうになるが、我慢する。

アリーシアの黒髪は、父にそっくりだからと母がとても大切にしているのだ。

「アリーシアと一緒にちゃんと待っているから、体を大事にね」

「ああ。アリーシアも、お母様を大切に守っておくれ」

アリーシアは大きく頷《うなず》いた。おっとりとした母は娘から見ても心配で、言われなくても守るつもりだった。

だが、一年を過ぎた頃、生活費が届かなくなった。いくらばあやが親切でも、給料がなくては暮らしてはいけない。それから三ヶ月、ばあやは引退し、息子のところに去っていった。

そこからはどう生活していいかわからない母のために、アリーシアが頑張らざるをえなかった。

もともと母は、滅多に家を出ない。そして年をとったばあやの代わりに、アリーシアが買い物にも出ていたのだ。

まず、小さな家で売れるものは何でも売った。

セシリアが大切に取ってあったアリーシアの小さい頃の洋服も、古着屋に持っていけばそれなりの値段で売れた。子どもだからと買い叩かれた時もあったが、信頼できる店を見つけてからは少しは高く売れた。

だが、それでしのげるのはほんのわずかな時間だ。

一年と半年たって、戻ってこない父を心配する母は元気がなくなり、寝込むことも多くなった。

寒い北にあるアルトロフの国で育った母には、特に暑かったこのセイクタッドの夏はかなりこたえたらしい。

　アリーシアがなんとか工面したお金で医者を呼んでも、病気ではなく衰弱しているだけなので、とにかく栄養のあるものを食べさせろと言うばかり。

　しかし、運はアリーシアを見捨ててはいなかった。売るものもなくなった頃、仕事を求めて町をさまよっていた時に見つけたのが翻訳の仕事である。

　風に吹かれて飛んできた紙を思わずつかむと、そこには、母に教わっていたアルトロフの言葉が書いてあった。

「日持ちするブドウを箱に半分」

　思わず読み上げたアリーシアの肩をガシッとつかんだのが、飛竜便の事務所のライナーだったのだ。

「お前、その手紙、読めるのか？」

　短い髪をぼさぼさにした背の高い青年に驚きながらもこくりと頷いたアリーシアは、その日数通の手紙を翻訳し、一通につき銀貨を二枚もらうことができた。銀貨一枚で、節約すれば二人で三日はしのげる。母に果物も買って帰れる。

　駄賃をもらって喜んでいるアリーシアを上から下までじっと観察していたライナーは、しゃがみこんでアリーシアの目を覗き込んだ。アリーシアの二年近く買い換えていない服は、袖も丈も短い割に、やせたせいでぶかぶかしており、母の代わりに家事をしている手はガサガサだ。

「手紙はいつもあるとは限らないが、雑用はいつでもある。手紙の翻訳以外は駄賃はたくさんは出せないが、この事務所に来たら手伝いに雇ってやるから、いつでもこい」

「ありがとうございます」

それから半年。飛竜便の事務所で働きながらも本物の竜を見たことがなかったアリーシアに、初めて間近で見る機会が訪れたのだ。

ライナーについて事務所の外に出たアリーシアの目の前には、茶色の大きな竜がでんと座り込んでおり、その背中からひらりと誰かが飛び降りるのが見えた。

「竜だ！」

感動で思わず両手を広げたアリーシアの手から、銀貨がちゃりんと落ちた。

「わわ、大変！」

慌ててお金を拾ったアリーシアの耳に明るい笑い声が響いた。

「まず竜で、次にお金か。私はこれでもけっこう女の子には人気なんだけど、自信がなくなってしまうな」

その声のほうを向くと、竜から降りたらしい男の人が腕を組んで立っていた。ライナーより年下に見える若い人だ。

にこりと笑みを浮かべているその青年は、柔らかな薄茶の髪を短く整え、細身ながらも長身でたくましい。生き生きと力があふれるような青い目をしていた。その人の後ろに目をやると、確かにいつの間にか、竜を遠巻きにしつつも町のお姉さんたちが集まっている。

「若。馬鹿なこと言ってないで、さっさと荷下ろししてくださいよ。その子は大きくなったらうちの事務所に勤めるんですから、からかわないでください」

「へえ、優秀なんだね」

若、とはつまり、ライナーの主筋《しゅすじ》にあたる人ということなのだろう。今ライナーは、上の立場の人の前で、アリーシアにずっと働きに来ていいよと言ってくれたのだ。アリーシアはその親切をありがたく思いながら、ぺこりと頭を下げた。

若と呼ばれた人はつかつかと歩いてくると、アリーシアの前で足を止めた。それから胸ポケットをごそごそすると、何かをつかみだした。

「手を出してごらん」

アリーシアは何も考えず銀貨を握ったほうの手を差しだした。

「はい。竜を怖がらなかったご褒美《ほうび》だよ」

「わあ」

それは色とりどりの包み紙に包まれた飴《あめ》だった。銀貨の上にそっと重ねて置かれた飴に満面の笑みで顔を上げたアリーシアと目を合わせたその人は、驚いたように目を見開いた。

だがアリーシアも驚いた。

「お空の目?」

青いと思った目は、少し淡くて、晴れた日の空の色をしていた。あまり見たことのない色だ。

「空?　そんな風に言われたのは初めてだ」

その人はくしゃりと笑顔を見せた。

「俺の目が空の色なら、君の目は、南の海の色だね」

「南の、海？」

海は青だろうと首を傾《かし》げたアリーシアにその人は続けた。

「ああ。南のほうの海はね、白い砂浜に映える、それは鮮やかな緑色なんだ。きれいだね」

アリーシアはぽかんと口を開けた。きれいなんて言われたのは初めてだ。

「ブッフン」

「きゃあ！」

突然少し生臭い風が吹きつけられたかと思うと、いつの間にか竜が近づいてきていて、アリーシアに鼻息を吹きかけたところだった。そしてアリーシアのお腹に大きな頭を押し付けた。

きゃーっという恐怖の悲鳴が遠巻きにしていた女の子から上がったが、アリーシアは嬉《うれ》しくてたまらなかった。なでてもいいだろうかと、飴を握っていないほうの手を宙にさ迷わせる。

「珍しいな。竜が竜使《りゅうし》以外に懐くなんて」

ライナーの声に、驚いて止まっていた若と呼ばれた青年がおかしそうに笑いだした。

「ははは！　確かに珍しいね。でもその飴、こいつの好物なんだよ。さ、竜にとられないうちにおかえり」

「はい！　ありがとう。さようなら！」

アリーシアはまたぺこりと頭を下げると、銀貨と飴を握りしめて駆け出した。

「お母様は甘いものが好きだもの、この飴なら食べてくれるかもしれない」

そうしたら少しは元気になってくれるかな。

だが、アリーシアが希望を持って笑みを浮かべられたのは、この日が最後だった。

アリーシアが家の前まで走ってくると、そこには見覚えのない馬車が停まっていた。

「誰だろう」

なんにせよ、家には母しかいない。アリーシアが門から見るとドアは開きっぱなしだ。急いで家に入ると、母の部屋に急ぐ。

「セシリア！　元気を出すんだ！」

久しぶりに聞いてもすぐに思い出せた。この声はお父様だ。アリーシアはやはり開けっ放しの母の部屋に入った。記憶にあるのと同じままの父が、母のベッドの横にひざまずいている。

「ハリー、最後に顔を見られてよかった」

母は何を言っているのだろう。ふと横を見ると、いつも来てもらっているお医者様が部屋の隅に立っていた。アリーシアと目が合うと、かすかに首を横に振った。

「アリーシアを頼むわね」

その言葉を最後に、父の手に握られていた母の手がぱたりと落ちた。動けない父の代わりに、医者は母を見て何かを確認すると、もう一度首を横に振る。

「お亡《な》くなりになりました」

「うわー！」

父が泣き叫んでいたが、アリーシアの耳には入ってこなかった。亡くなったってなんだ。今朝《けさ》だって少しお水を飲んだし、これからもらってきた飴を一緒に食べるのだ。それから、それから。

「あ、あ。お母様」

母に伸ばした手は、強い力で払いのけられた。

勢い余って尻餅《しりもち》をついたアリーシアの手から、ちゃりんと音を立てて銀貨が飛び、色とりどりの飴は部屋のあちこちに飛び散った。

「お前は！　セシリアが苦しんでいた時！　なんでそばにいなかった！」

父が何かを言っていたが、アリーシアの耳を滑りぬけていった。とにかく飴を拾わなければ。

「飴を。お母様に」

「セシリアは、もうどんな食べ物も、口に入れることはできないんだ」

飴を拾った手は、また父に叩かれる。せっかく拾った飴はまた部屋に飛び散った。

「こんなものを買いに出ていたのか。こんな贅沢《ぜいたく》な外国の飴を買う金があったのなら、なんでセシリアに食事をとらせなかった！　こんなもの！」

グシャリと。

父は部屋に散らばった飴を踏みつけた。

グシャリ、グシャリ。

「バーノンさん！　やめなさい！」

医者が父を止めるが、父は止まらない。

「アリーシアが！　自分で稼いでセシリアさんを食べさせていたんですよ！　あなたがいない間、贅沢なんてこれっぽっちもせずに！」

「うわー！　セシリア！」

この飴を食べさせたかった人はもういない。アリーシアは呆然と床から顔を上げた。

そこには、よく知っていたはずの父が医者に羽交《はが》い締《じ》めにされて暴れていた。まるで知らない人のようだった。

この日おそらく。

アリーシアは、母親だけでなく、父親をも失ったのだった。

第一章　バーノン家の闇

アリーシアはお茶と茶菓子をカートの上に用意し、使用人のお仕着せを手のひらで整えると、ひっそりとため息をついた。そして自分に言い聞かせる。

「あと半年。あと半年だから」

あと半年あれば、一六歳になる。一六歳になれば成人だから、この家を出ていける。仕事は選ばなければなんとか見つかるだろう。一二歳の頃の自分でも少しはお金を稼げたのだから。

今はこの牢獄のような家から離れられないけれども、このバーノン家から出ていくことだけがアリーシアの希望だった。

それから温室へとカートを動かした。外国と取引をする父のつてで珍しい果物や草花が植えてあり、小さいながらもバーノン家の自慢の温室である。

「お嬢様、お茶をお持ちいたしました」

「いやだ、アリーシア。いつも言っているじゃない。お姉さまって呼んでいいのよって」

美しく着飾り、甘ったるい声でしゃべっているのは義姉《ぎし》のジェニファーだ。この国では珍しい濃い金髪を高く結い上げ、アリーシアのほうに向けるのは青い瞳で、優しい言葉とは裏腹に、その目には蔑《さげす》みが浮かんでいる。目を合わせないようにしていても、いつものことなのでアリーシアにはわかっている。その色合いはアリーシアの優しい母と似ているはずなのに、嫌悪感が先に立つのは中身が意地悪なせいだろう。黙って頭を下げると、静かに義姉とその婚約者の座るテーブルにお茶の準備を始めた。

「ジェニファーもこう言っているんだから、甘えたらいいのに。そうだ。君も座ってお茶を飲んでいったらどうだい」

「いえ、申し訳ありませんが、仕事がありますので」

義姉と婚約者の甘い言葉を信じてその通りにしたりしたら、後でどれだけ叱られることか。アリーシアはあざの残る腕のことは考えないようにし、なるべく早くこの場を去りたくて、でもそのそぶりを見せないように手早くお茶の用意を終わらせる。

「うちは娘として扱うって言ってるのに、下賤《げせん》の母親の子どもでは子爵家の娘とは言えない、働かせてくれって言われたら、そうするしかないもの」

「ジェニファーは心が広いよね」

茶番だ。

アリーシアは心を凍らせたまま何も答えずに温室を出ようとした。

母は下賤の者ではない。幼い頃から母と二人で育ったアリーシアは、ここに来るまで身分など気にしたこともなかった。母が言った「人にとって大事なのは思いやりの心よ」という言葉は、この家の中では通用しないということを知ったうえでもまだ、大事なのは身分ではないと思っている。

だからこそ、自分から母のことや自分のことをけなしたことなど一度もない。アリーシアを娘として扱わず使用人として働かせるのも、母を貶《おとし》めるのもバーノン家の者が勝手にやっていることだ。

でも、それを口に出さないほうがいいということもこの三年半で身につけざるをえなかった。

「そうそう、アリーシア」

「はい、お嬢様」

うわべで何と言われようとも、こう返事をする習慣が身についていた。返事をしなければ食事を抜かれ、ひどい時には叩かれる。それが当たり前だったから。

「一年後私が嫁ぐ時、あなたも連れていくことにしたから。感謝してね」

「はい？」

言われたことが頭に入ってこなくて、思わず聞き返した。ジェニファーはアリーシアのことを毛嫌いしている。結婚してまでアリーシアが身近にいるのを喜ぶとは思えなかったからだ。だがそれを深く考える前に思わず身がすくんだ。返事にお嬢様とつけなかったから、また叱られるかもしれない。

「どうせお前のような身分の者、成人しても行く当てもないんだから、私の侍女として婚家に連れて行くと言っているのよ。母親が卑しいと本当に頭まで悪いのね」

アリーシアを傷つけるには母親のことを言うのが何よりだとわかっている、意地悪な義姉の言葉だが、少なくとも叱られ叩かれなかったことにほっとし、何も言い返さずもう一度頭を下げると、なるべく静かに温室を出た。動揺を悟られたら付け込まれるのだから。この家に来て以来ずっとそうだ。

母が亡くなって呆然としている間に葬式は済み、母は共同墓地の端に埋葬された。すべてが終わって一人で元の家に帰ろうとしたアリーシアに父は言った。

「どこに行くのだ」

アリーシアは不思議に思い、父を見上げた。家に帰る以外のどんな選択肢があるというのだろう。その様子を見て一緒に埋葬に立ち会ってくれた医者が口元を引き結ぶのが見えた。

「家に、帰ります」

「一人で暮らせるわけがなかろう。かわいげのない。セシリアの住んでいた家は売りに出す。お前は私が引き取る」

父はアリーシアに、自分と一緒に行こうとも共に暮らそうとも言わなかった。年のわりに聡《さと》く生きなければならなかったアリーシアは、引き取るというその言葉一つで、父親にとってアリーシアがお荷物に過ぎないのだと悟った。

二年ぶりに会ったというのに、母が亡くなってからずっと父はアリーシアに冷たい態度をとっている。ひそかに心の中で傷ついていたが、医者の言葉でその理由を知ることができた。

「アリーシアはあんたとセシリアの子だろう。何度も言っているが、セシリアが亡くなったのはこの子のせいではなく、この夏が暑かったせいと、栄養不足のせいだ。むしろこの子の渾身《こんしん》の世話がなかったらセシリアはあんたが来るまでもたなかった。今まで苦労をかけた分、幸せにしてやるのが父親の務めだ。それは平民でも貴族でも変わらないぞ」

つまり、父は母が亡くなったのをアリーシアのせいだと思っているのだ。

父親は医者の言葉をうるさい羽虫であるかのように片手で振り払う。まるで聞く耳など持たない。急《せ》かされたアリーシアにできたことは、母のいない家に戻り、小さなかばん一つに荷物を詰め込むことだけだった。それも母からもらった大事な本と少しの着替えだけである。

亡霊のようによりどころのない気持ちで連れていかれた先は、アリーシアが住んでいた町の外れではなく、にぎやかな中心街の大きなお屋敷だった。

小さいアリーシアの歩幅など気にすることもない父親に小走りで付き従い、入った屋敷は大きな玄関ホールにガラス窓がきらめくほどのまばゆい明かりが灯《とも》っていた。

「おかえりなさいませ。なんですの、その薄汚い娘は」

部屋の豪華さに圧倒されていたアリーシアは、その声で初めてホールに人がいることに気づいた。真ん中にはこの国では珍しい金髪を結い上げた、アリーシアの母と同じくらいの年の人、そしてアリーシアと同じ年くらいの少女。他にも、お仕着せを着た使用人らしい男女が幾人か並んでいた。

母に似ていると一瞬でも思ったのはその髪色のせいだろう。

「ちょうどいい。これはアリーシアだ」

父はアリーシアを雑に紹介すると、どう説明していいのか少し迷った様子だった。やがて、アリーシアと同じくらいの年の少女に目をやると、面倒くさそうに肩をすくめた。

「ジェニファー」

「はい、お父様」

ジェニファーと呼ばれた少女は隣の女性の娘なのだろう。母と同じように濃い金髪を結い上げた美しい少女だった。青い瞳をきらめかせて嬉しそうに父を見上げる。

「これはつまり、お前の妹になる」

「いも、うと？」

戸惑うジェニファーをよそに、金髪の女性のほうが目を吊り上げた。

「ハロルド。あなたまさか、本宅にあの泥棒猫の子を連れてきたの？」

「ハリエット」

父親の静かな声がその女性を黙らせた。

「セシリアは死んだよ」

アリーシアの母が亡くなったという知らせに、使用人の間に動揺が走った気がした。父は口元をゆがめて、ハリエットを見る。

「満足か」

「満足かなんて、ひどいこと。お悔やみ申し上げますわ。でもその方が泥棒猫だったことに変わりはありませんでしょう」

アリーシアは黙って成り行きを見守っていた。

知っていたのだ。

近所の数少ない友だちを見ても、父親が一ヶ月に一度しか来ない家なんてない。家に閉じこもりがちな母と、年をとってあまり動けないばあやの代わりに、アリーシアは積極的に外に出ていた。

特にここ二年はそうしなければ暮らしていけなかった。

近所のおばさんたちは、アリーシアを遠目で見ながら、アリーシアの父親がどこかの貴族だとひそひそと噂する。本宅があって、奥さんと子どもがいることもそこから知った。

父はおかしな人だとアリーシアは思っていた。お母様のことが大好きなのに、大切にしているとはとても思えない。お母様の容姿の美しさをいつも褒めたたえるけれど、お母様自身にはあまり興味がないように思えたのだ。アリーシアに至ってはいてもいなくてもどうでもよく、無関心。父親のそういうすべてのことが腑に落ちた瞬間だった。

「お母様は、知っているの。お父様の本宅のこと」

聞かなければよかったかもしれない。でも、噂を聞いてから落ち込むアリーシアを心配する母に、つい聞いてしまったのだ。

「誰から聞いたの？　いいえ。外に出ていれば嫌でも聞こえてくるものね」

悲しそうに微笑んだ母に、やはり聞かなければよかったと後悔したがもう遅かった。

「言い訳にしか聞こえないかもしれないけれど」

母親はアリーシアを、隣に座らせて話してくれた。いつも並んで一緒に本を読むソファだ。北の国でお祭りのために初めて外に出たセシリアにお父様が親切にしてくれたこと、駆け落ちしてきたこと。それは何度も聞いた思い出話だ。でも、そこからは初めて聞く話だった。

「アリーシアは私が初めて外に出たっていうのがどういうことかわからないわよね」

大事に育てられたということだと思っていたアリーシアは、首を傾げた。

「それなりに広いおうちだったと思うの。でもね、庭には出たことがあっても、周りは高い塀で囲まれていてね。本当に一歩も敷地の外に出たことがなかったのよ。お祭りは三日間だけ。初めての日にお父様と出会い、二日目には共に生きると決めた。三日目に、大切な本だけ持ってお父様と逃げ出したの」

子どものアリーシアが聞いても、全く計画性のない話であきれてしまう。

「お父様に奥様がいるなんてその時は知らなかったの。駆け落ちしたから、北の国では無理だったけれど、ここに来たら正式に結婚するものだと思っていたわ。でもね」

お父様は今の妻とは愛のない結婚だったため、離婚して再婚するつもりでお母様を連れてきたのだという。だが、お父様が北の国に商売に行っている間に娘が生まれ、離婚できる状況ではなくなってしまった。

「そして私も家出した身。その時にはアリーシアもお腹にいたし、とても故郷には帰れなかったの」

結果として甘んじて日陰の身になるしかなかった。

「誰も悪くないの。ただ、タイミングが悪かっただけ」

人のいい母はそう考えるかもしれない。でもアリーシアは違うと思うのだ。どう聞いてもすべて父が悪い。でも、アリーシアが父親を責めたら、母がどう思うだろうか。間に挟まってつらい思いをするのは母なのだ。

「お父様と旅した思い出だけで、私は生きていける。ハリーは私に初めて世界を見せてくれた人なの」

アリーシアには母しかいない。母にだけは幸せに過ごしてもらいたいアリーシアはそれ以上何も言えなかった。

玄関ホールでは、寒い中まだ話が続いていた。

「送金を止めたのはお前だな。ハリエット」

「主がいない間、家を管理するのは妻の仕事。怪しいお金の流れを止めたとして、何の問題があるでしょう」

そしてそのはざまで、北の国から来た一人の女が死んだと、彼女にはそれだけのことなのだろう。つらい気持ちをさらに冷え込ませるようなハリエットの言葉に、優しかった母に似ていると一瞬でも思った自分がアリーシアにはひどく愚かしく思えた。

「それで私をやり込めたつもりか。お前は心根まで醜《みにく》いな。セシリアとは大違いだ」

「まあ！」

二人のやり取りに、間に挟まった娘がおろおろしながら止めようとしているのをアリーシアは何の感慨《かんがい》もない目で見ていた。何を思うことがある。もう母親はいないのだから。

「いずれにせよセシリアはもういない。お前はどんなに嫌でも、セシリアの娘の面倒を見ることになるんだ」

「なんですって！」

セシリアの娘。お父様にとってはそれだけの存在である。

「庶子《しょし》とはいえ、産まれた時からバーノン子爵家の籍に入っている。これからこの家で面倒を見ることになるからな」

アリーシアは、この針の筵《むしろ》のような本宅でこれから過ごさねばならないのだ。

暖かい事務所で翻訳をしながら、これで母のための果物が買えると思っていたのがほんの一日前だなんて思えない。ふとめまいがしたアリーシアは、その場にしゃがみこんだ。そういえば、いつご飯を食べたかも覚えていない。そのままホールの床に沈み込むように倒れたアリーシアは、その後どんな話し合いがあったのかは聞かずじまいだった。

気がついたら、客室に寝かされていたのだった。それでもそれから一年は、意地悪されたり無視されたりしながらも普通に生きてこられたのに。


「アリーシア」

後ろからかけられた声にハッとする。油断した。アリーシアは緊張で体が硬くなった。

「オリバー様」

曲がりなりにも、父の娘としてなんとか暮らしていたアリーシアの生活を地獄に突き落としたのはほかでもないこの人だ。アリーシアはオリバーの無自覚な優しさが大嫌いだった。

「また少しやせたんじゃないのか」

「いえ。そんなことはありません。では」

「待って」

カートを押す手を取られ、アリーシアに鳥肌が立つ。

「僕からジェニファーに言ったんだよ。君を連れて嫁いでくればいいって。そうすれば少なくとも君が僕の目の届くところにいられる。ご飯だってちゃんと食べさせてあげられるから」

「いいえ、この家では十分よくしてもらっていますので」

アリーシアは失礼にならない程度に強く腕を振り払い、そして先ほどの義姉の言葉を理解した。つまり、オリバーが言ったから仕方なくアリーシアを連れて行くのだということである。それはアリーシアをさらに暗い気持ちにさせた。

オリバーはアリーシアが冷遇されていることに早いうちに気がついていた。そしてことあるごとにアリーシアに優しくしようとするのだが、そのせいでジェニファーが嫉妬し、アリーシアが余計にひどい目に遭わされていることには気がついていないのだ。いや、本当は気がついているのに、そのことには目をつぶっているような気がしてならない。いったい何が目的なのかと考えると、アリーシアはオリバーのことをとても怖いと感じてしまう。

とにかく、オリバーと一緒にいるところをジェニファー、ましてやハリエットに見られたら何をされるかわかったものではない。

「何をしているのかしら」

ジェニファーのとがった声がした。案の定だ。

オリバーは降参したように両手を上げた。そんな気取ったところも気持ちが悪い。

「いずれうちで働いてもらうんだから、ちょっとその話をね」

「失礼します」

アリーシアは急いで立ち去った。まさかオリバーが婚約者を待たせてまで後ろからこっそり付いてくるとは思わなかったのだ。なぜアリーシアにかまうのか。放っておいてくれたらいいのに。

オリバーのところに「付いていきたくない」と言えばジェニファーに、「なぜ自分の言うことが聞けないのか」と責められる。「行きたい」といえば、「さすが泥棒猫の子どもね」と責められる。どちらにしろオリバーが出てくるとろくなことはない。食事抜きが今日だけならまだましなほうだとアリーシアは肩を落とした。

バーノン家に来たばかりの頃を思い出すと、そもそも「子爵家の籍に入っている」というお父様の言葉は、貴族である義母のハリエットには大きく響いたらしい。アリーシアが今後どんなところで生活しようとも、その振る舞いは子爵家の責任になる。ひいてはハリエットの責任になるからだ。

客室で目が覚めたアリーシアにとって戸惑いばかりだったが、その日から子爵家での生活が始まった。最初の試練は家族そろっての食事だった。

アリーシアは母から食事のマナーについて自然に教わっていたので、父が訪れて一緒に食事をした時にも特に何も言われたことはなかった。だが、バーノン家ではどうやら食前の祈りがないのには戸惑った。食事の時は、女主人が北の神々に祈りを捧げるのがアリーシアと母の習慣だったのだ。

誰もやらないのなら自分がと思ったアリーシアは食前の祈りを始めた。北の国の言葉ではなく、父や他の人にも伝わるよう、セイクタッドの言葉に直して。

「遥かなる北の峰の神々よ、清涼なる風と水を我らに与えたまえしことに感謝します」

ドンと大きな音がして驚いたアリーシアが組んだ手を慌ててほどくと、テーブルの上で両手を震わせていたのは父だった。

「二度と」

地を這《は》うような低い声だった。

「この家で二度と、北の国の祈りなど捧げるな。セシリアの代わりなどいらない」

母の代わりになろうとしたのではない。母の大事にしていた北の国の習慣を続けたかっただけだ。

だがそんな主張は通るどころかそもそもさせてもらえすらしなかった。

それでも父は自分の見えないところでアリーシアが何をしていようと興味がなかったが、義母は違った。

「今からでは遅いかもしれないけれど、子爵家として恥ずかしくないだけの勉強はさせます。異国の習慣などすべて捨てなさい」

最初にそう宣言されると、義姉のジェニファーと一緒の勉強が始まった。

アリーシアはジェニファーより半年だけ年下だが、同じ年齢の子どもの中では小さいほうだ。だが、義母はたくさんあって余っているジェニファーのおさがりを着せようとはしなかった。

「たとえ着られなくなった服でも、ジェニファーの身に着けた物をあの女の子どもに着させたくないわ」

そう言って、服は既製品を着せられた。いや、もしかしたら古着だったのかもしれない。大きくなっても着られるようにと、少し大きめで最小限の数しかなかったが、短くもなく、きつくもない服にはアリーシアは感謝した。丈の短い服を着て歩くのは正直なところつらかったのだ。

部屋については、

「偶然にでも顔を合わせたくないわ」

という義母の希望で、家族のいる二階ではなく、一階の使用人の小さい部屋になったが、一人部屋だったのは助かった。異国の習慣など捨てなさいと言われても、いつもしていた寝る前の祈りと本を読む習慣だけは捨てたくなかったからだ。それまで失《な》くしてしまったら、母の思い出まで捨ててしまうのと同じ気がした。

「子爵家の令嬢として恥ずかしくないだけのと言われても、学校にも通わず、家庭教師も付けなかった異国の子どもにどこから何を教えたらいいのかしら」

と戸惑っていた家庭教師は、アリーシアが読み書きができると知って目の色が変わった。

「お母様と毎日勉強をしていたんです」

母も幼い頃からずっと自宅で勉強を教わっていたという。

「セイクタッドの言葉も教わっていたのよ。だから、たどたどしくてもハリーとお話しできたの。勉強は大事よ」

母にはそう言われ、セイクタッドとアルトロフ両方の言葉の読み書きを勉強していた。そのおかげで翻訳の仕事をもらえてからは、より熱心に勉強したものだ。

「あっという間に私を追い越してしまったわね」

嬉しそうな母に、

「お母様も一緒に外に行きましょう」

と何度誘っても、母は外に行くのは好まなかった。それが、幼い頃から外に出たことがなかったせいなのか、外で人に見られるのが嫌だったからなのかはアリーシアには今でもわからないのだけれど。

母の具合が悪くなってベッドで過ごすことが多くなってからは、今度はアリーシアが北の国の本やこの国の本を読んで聞かせたりしたものだ。北の国の本は母が国から持ってきて大切にしていたもの、そしてこの国の本は、母のために父が買ってきてくれたもの。本は高価なものではあるけれど、母のためなら父はお金を惜しまなかった。もっともその後、母が持ってきた本以外はパン代になってしまったが。

家庭教師とではあっても、久しぶりに母の話ができて嬉しかったアリーシアは、目をきらめかせてその思い出を語った。

しかし、それが義母の逆鱗《げきりん》に触れたらしい。初めて木の枝で叩かれたのはその次の日である。家庭教師と一緒に入ってきた義母は怒りに目を吊り上げ口をへの字に曲げていて、美しい顔が台無しだとアリーシアは思ったが、その怒りが自分に向けられているとは思いもよらなかった。

「ハロルドが北の国の話をするなと言ったのを忘れたのかしら」

「お父様が言ったのは、北の国の祈りを捧げるなということだけです」

思わず言い返したら、義母は無表情になり家庭教師の備品から何かを取り上げた。さっと手をひらめかせた途端、アリーシアの頬に痛みが走った。あっけにとられた家庭教師がはっとして止めるまで、木の枝で何度も叩かれた。

「この木の枝はそんなふうに使うものではありません。宿題を忘れた子どもの手を軽く叩くだけのものです」

頭をかばったアリーシアの手にはミミズバレができていたし頬には一筋赤い線が入っていた。

「この子に、二度と北の国の話をさせないで」

家庭教師に言い置くと義母は息を切らし、ほつれた髪の毛をなでつけながら足音荒く勉強部屋を出ていった。こっそりと顔を背《そむ》けたジェニファーの口元がかすかに上がっているのをアリーシアは見逃さなかった。

この家に味方などいない。中年に差し掛かろうという年の家庭教師の女性も、雇い主に何か言えるわけがない。アリーシアをかばったことも下手《へた》をすると解雇されかねない行為だったのだから。

結果として家庭教師の女性はその時は解雇されなかった。バーノン子爵家に庶子が引き取られたという噂を広げたくなかったのだろうとアリーシアは思う。そしてそれがこの家でのアリーシアの唯一の幸運だったかもしれない。

バーノン子爵家でのアリーシアの立ち位置を理解し、またアリーシアの勉強に対する熱意を汲み取り、できるだけのことをしてくれたのだから。

家庭教師の先生はまず徹底的に義姉のジェニファーを持ち上げ、アリーシアにその振る舞いを学ぶようにと言うことから始めた。アリーシアを放っておいて、ジェニファーにだけ授業する時もたびたびだ。その間、アリーシアには自習するようにと本が数冊置かれるだけである。

最初戸惑っていたアリーシアだが、すぐに家庭教師の意図を理解した。

教わるのではなく、学びなさいと言ってくれているのだ。アリーシアがものを覚え、賢くなればなるほどいじめられるということを見抜いていた。

家庭教師の先生は、アリーシアをよく見ていて、一冊の本を学び終わるごとに積み上げる本を換えてくれる。一見すると放置されているようにしか見えないというわけである。

また、ジェニファーは意地悪であっても貴族らしく、小さなレディであり立ち居振る舞いは上品だった。

アリーシアから見ても、ジェニファーは箱入りのお嬢様だった。あんな父親なのに、尊敬し慕っている。最初アリーシアのことはよいも悪いもなく、単に家にもう一人女の子が来たくらいにしか思っていなかったのだと思う。だが数日して、母親からなぜアリーシアが妹と言われたのか聞いたのだろう。一緒に勉強するように言われた時も、

「汚《けが》らわしいわ」

と汚い者でも見るようにアリーシアを見るようになった。だがアリーシアは気にしなかった。お母様は汚らわしくなんかない。だとしたらアリーシアだって汚らわしいものなんかではないと強く信じていたからだ。

好き嫌いは別にして、同世代の見本がいることはアリーシアにはとてもよい影響を及ぼした。

次第に北の国らしさはなくなり、ジェニファーのように振る舞うことで屋敷でも目立たなくなっ

た。目立たなければ叱られることもない。使用人はアリーシアが女主人に好かれていないのを知っているからかかわってこない。父親はアリーシアがいないように振る舞う。そんな毎日はひどく寂しいものだった。

だが母親がいなくなり、何のために生きているのかすらわからなくても、アリーシアは少なくとも生きていられたし、学ぶこともできたことに感謝して暮らしていた。北の国のことを口に出せなかったのはつらかったが、毎日夜には小さなかばんから北の国の本を出して小さな声で読み上げ、胸に抱きしめて我慢していた。それに、アリーシアには小さな希望があった。

それは家庭教師の先生と偶然二人きりになった時のことだ。

「この国では一六歳が成人なの。一六歳になったら親の許可がなくても自分で働いて暮らせるようになる。知識は武器になるわ。このまま勉強を続けるのよ」

目も合わさずにささやかれたそれが、アリーシアの心の中で形になるのにしばらくかかったけれど、自分もやがて大人になるのだと、そうしたら嫌いな家は出ていいのだという光が見えたのである。

そうして一年、アリーシアより半年早い、ジェニファーの一四歳の誕生日が来て、この時ばかりは家族と使用人だけのにぎやかな誕生会が開かれたらしい。アリーシアは呼ばれもせず、食事さえも忘れられ、にぎやかな食堂を部屋の外から眺めると、静かに自分の部屋に戻った。

大丈夫。自分にはお母様との楽しい思い出がある。自分があの中に入ってもどうせ義母の皮肉を聞かされるだけで、そんなの主役のジェニファーだって嫌に決まっている。小さい頃のことまでは覚えていないけれど、自分には一二年分の楽しい誕生日の思い出があると言い聞かせながら。

そんなふうに遠慮して小さくなって過ごしていても、運命はアリーシアには優しくなかった。

家庭教師が来た日、誕生会が楽しかったと報告するジェニファーは、お父様は仕事に行く日付けをずらしてわざわざお祝いしてくれたのよと嬉しそうだった。またしばらく、商売で家をあけるのだという。いつも通り無言のアリーシアにジェニファーは無邪気に言った。

「なぜアリーシアは私の誕生会に来なかったの」

一言も知らされなかった。午後の半ばから始まって、夕方まで続く賑わいに、自分がどう参加していいのかわからなかった。いつもうつむいているアリーシアがジェニファーの言葉に傷ついたように上げたその瞳には涙が光っていたとしても仕方のないことだった。家庭教師はさすがに胸が痛んだのか、震える口元を隠すように片手で覆《おお》った。

「知らなかったから」

涙を落とすまいと口を引き結んだアリーシアだったが、たまらず一粒だけ涙が落ちた。

「なによ。お祝いにも来なかったくせに、私が悪かったみたいじゃない。誕生日のプレゼントだって何も用意していないんでしょ。あきれたわ」

ジェニファーは席を立つとどこかに行ってしまった。自分の物など何一つないのに、どうやって誕生日のプレゼントを用意すればよかったのか。そもそも、誕生日がいつかさえも知らなかったというのに。

家庭教師が慰《なぐさ》めるためかそっとアリーシアの背に手を伸ばそうとした時、バンとドアが開いてハリエットが入ってきた。家庭教師が思わず備品を確認したのが見えた。優しい先生が、あの時から罰に使う木の枝は持ち歩かなくなったことをアリーシアは知っていた。

だがハリエットは木の枝がなくてもかまわなかったらしい。手に持った扇でいきなりアリーシアの腕を叩いた。その衝撃と驚きでアリーシアの体は大きく跳ね、椅子から転げ落ちてしまった。

「奥様！」

家庭教師の悲鳴のような声はハリエットの耳には入らなかった。

「役立たずのくせに、ジェニファーに嫌な思いをさせるなんて！　誕生会に出たかったなんて、おこがましいにもほどがあるわ！」

出たかったなんて一言も言っていない。だが言い返したら余計に叩かれると思ったアリーシアは黙って耐えた。ひとしきり苛立《いらだ》ちを発散させると、ハリエットは部屋を出ていった。

入れ替わりに入って来たジェニファーは、床に崩れ落ちているアリーシアを見てふんと鼻で笑った。

「いいこと。一四歳になったから、今度私にも婚約者ができるのよ。知らなかったなんて、また私のせいにされたらいやだから教えておいてあげるわ。お相手はね、ティナム伯爵家の次男のオリバー様と言うの。三日後、顔合わせがあってこちらにいらっしゃるのよ」

夢見るように話されても、アリーシアは叩かれた腕が痛くて立ち上がることさえできず、なんの反応もできなかった。

「お母様が庶子を引き取って育てているということは有名なのよ。捨て置いてもいいのに、ちゃんと屋敷に引き取って教育もしているって。当然、当日はあなたもバーノン家の一員として挨拶に出るんだから。くれぐれもうちの家名に泥を塗らないよう気をつけることね」

その日はとても勉強どころではなかったし、浮かれたジェニファーが勉強部屋に戻ってくることもなかった。

「悲しいことに、世の中は公平ではありません。特に女性にとっては」

家庭教師の先生は道具を片付けながら誰に言うともなくつぶやいた。また誰かが入ってきて言いがかりをつけられたら困るからだろう。

「でも、私のように結婚しなくても仕事をして生きている者もいます。私たちが住んでいるこのヴィランという町は大きな交易の場所です。読み書きができればきっとなんとかなる。強く生きましょう、アリーシア」

世の中は公平ではない。同じ娘でも、片方は祝われ、片方は無視される。それでもなんとかなると言ってくれた家庭教師の先生が来たのは、その日が最後だった。

それから二日たち、腕の痛みもようやっと治まり、明日ジェニファーの婚約者が来るという日のことだ。アリーシアは珍しく、他の使用人にお風呂で丁寧《ていねい》に磨かれていた。

「さすがにあんたが使用人みたいな格好をしてると困るんだってさ。いまさらとりつくろったってしょうがないのに」

アリーシアは人並みに一応清潔にしているつもりだけれども、まっすぐな黒髪は手入れはできずに自分で三つ編みにしているだけだし、前髪も中途半端に長くてぼさぼさだ。

「元はきれいな黒髪なのにねえ。お嬢様や奥様の柔らかい金髪も素敵だけどさ、あんたみたいなまっすぐの髪もきれいなもんさ。何より黒髪は着る服を選ばないいんだよ」

今までほとんど話したことのない、調理の仕事をするお手伝いの人が髪を洗うのを手伝ってくれている。

「お嬢様か奥様の侍女を貸してくれてもよさそうなもんだけど、それは駄目なんだって。余ってる使用人誰でもいいから、少なくとも、ちゃんと面倒みられてる感じにしろって命令であたしがやることになったのさ」

「ありがとう」

アリーシアは乾かしながら髪に何かを塗り付けている手伝いの人に礼を言った。理由はどうあれ、清潔にするというのは気持ちのよいものだ。母親といる時は常に清潔にしてハーブの香りのする衣服を着ていたものだが、ここではそんなことはできなかった。

「これはね、庶民の使う髪油だよ。いい匂いもしないけど、ほんのちょっとでつやつやになるから、私の物を持ってきたのさ。さ、つけておくよ。ああ、きれいな子を手入れするのは楽しいねえ。娘はもう大きくなってしまったからね」

髪の手入れを終えると、明日また髪を結いに来るといって出て行ってしまった。

「きれいな子」

アリーシアは自分がきれいかどうかはあまり興味がない。だが、美しくて優しい言葉をかけられてお世話してもらったのは久しぶりだったので、その言葉を宝物のように抱えて布団に潜り込んだ。

次の日、お茶の時間に合わせて来るという婚約者を迎えるために義母と義姉は午前中から早々に準備に引っ込んだが、昼食後ぼんやりしていたアリーシアも、昨日のお手伝いの人に自分の部屋に引っ張り込まれた。昨日と違って少し不機嫌だ。アリーシアの何も置いていない狭い部屋を見て顔をしかめたが、何も言わずアリーシアを上から下まで眺めて、腕にかけていた服をポンと叩いた。

「ほら、新しいドレスだよ」

「え？　私にも？」

アリーシアは少なくとも体に合った普段着はもらっている。それで十分だと思っていたので驚いたのだ。

「少なくとも、生地だけは上ものさ。だけど、一三歳の子に着せる色じゃない。見てごらん、この地味な緑色をさ」

使用人が広げて見せてくれたドレスは、深い森の奥のような暗い緑色だった。不機嫌だったのは、その服が気に入らなかったかららしい。アリーシアは少し笑みを浮かべて首を横に振った。

「別にいいの。私は目立たないように端っこにいればいいだけだから。あの、着替えるのを手伝ってくれますか」

「もちろんだよ」

二人立ったら身動きも取れないような狭い部屋だが、後ろにあるボタンを留めてもらうだけでも、久しぶりの人との触れ合いに嬉しくなる。

「あんたいつも三つ編みだけど、中途半端な前髪は上げておでこを出してしまおうか。そして前髪と一緒に横の髪も後ろに。ほら」

ほらと言われても鏡も何もない部屋だ。

「ドレスが地味な緑色と思っていたけど、あんたの白い肌が引き立つし、緑の目がいっそう明るく見えてきれいだねえ。さすがハリエット様。やっぱり趣味がいい。それにあんた」

アリーシアの仕上がりを見て、さっきまで文句を言っていた使用人の機嫌はあっという間に直ってしまった。

「前髪の下にこんな美人さんが隠れてるなんて思わなかったよ。さ、たしか玄関でお出迎えだよ。行っておいで」

「はい。ありがとうございます」

アリーシアはわずかに口元をほころばせて礼を言った。

そのままの温かい気持ちで玄関ホールに出ると、既に子爵家の家族は皆集まっていた。

ハリエットは遅いと言いたかったのかもしれないが、父もいたのでそれは我慢したようだ。その代わりうつむくアリーシアのドレスをちらりと横目で見て、吐き捨てるように言った。

「卑しい身にふさわしい、薄暗い格好ね」

このドレスを選んだのは義母なのだ。親切に新しいドレスを作ってくれたのは、これが言いたかったからに違いない。

「不気味な目の色にふさわしい、沼みたいなドレスよね」

義姉も負けていない。そして父親はそんな二人を諌《いさ》めることもなく、大きなため息をついて、アリーシアを叱責《しっせき》しただけだった。

「セシリアは明るく太陽のような女性だったというのに、お前ときたらかけらも似ていないな。せめて下を向かず、胸を張れ」

下を向かず胸を張っていたら叩かれるような家に住んでいて、明るくなれる人がいたら教えてほしい。そうは思ったものの、母に恥ずかしくないようにと、アリーシアはジェニファーの横に並ぶと顔を上げて前を向いた。その瞬間、玄関の大きな扉がゆっくりと開いた。

「ティナム伯爵家。オリバー様がいらっしゃいました」

外で待っていた家令が顔を出し、客の訪れを告げた。

冬の寒い風と共に入ってきたのは、まだ少年の初々《ういうい》しさを残しつつも、そろそろたくましさも感じさせる、薄茶の髪、薄茶の瞳の甘い顔立ちの青年であった。後で聞かされた情報によると年は一七歳、義姉のジェニファーとは三歳差だという。

家族のほうを見てにこりと親しげに笑ったのに好感が持てたのだろう。アリーシアは隣でジェニファーの気持ちが浮き立つのを感じたが、自分はついうつむきそうになる。だがさっき着替えを手伝ってくれた人も、きれいだと言ってくれたではないか。その言葉を思い出すと、アリーシアの頬に明るさが戻り、何とか顔を上げたままでいられた。

「オリバー、よく来てくれた」

「ハロルド。いつも仕事では会っているではありませんか」

二人はそもそも仕事を一緒にしているので、さっそく親しげに挨拶をしている。それはそうだ。義母がわざわざアリーシアを探してまで話したかったことによると、

「ジェニファーは一人娘だから、オリバー様にはハロルドの商会を分ける形でうちに入ってもらうの。そしてジェニファーの息子がバーノン子爵家を継ぐことになるのよ」

ということだからだ。つまり自分の事業を継ぐ人だから親しいということになるのだろう。

だがはにかんでいるジェニファーの様子をみると、どうやら二人は今日初めて会うようだ。

「娘とは初めてになるね。紹介しよう」

オリバーという人は今日を楽しみにしてきたようで、父の紹介を待たず、急ぎ足でジェニファーのほうに歩み寄った。その性急な様子に父も苦笑しているが、苦笑であっても父親の笑顔を久しぶりに見たアリーシアは少し驚いた。

だが、にこやかなジェニファーの前をオリバーはすっと通り過ぎると、アリーシアの前で止まり、アリーシアと目を合わせてにこりと微笑んだ。

「はじめまして。オリバーと言います。ハロルドの娘さんがこんなきれいな緑の瞳だなんて知らなかったよ。黒髪とは珍しい組み合わせだけど、素敵だね」

なんと言っていいかわからず沈黙していたアリーシアに、オリバーはどうしたのというように首を傾げてみせた。

「あー、ゴホン」

ハロルドが気まずげに咳払《せきばら》いをした。

「それは妹のアリーシアだ」

「アリーシア。では」

「隣が姉のジェニファー。あー、紹介しようと思っていたのは姉のほうだ」

オリバーは一瞬困惑した顔を見せたがすぐ微笑みを浮かべ、ジェニファーのほうに体を向けた。

「はじめまして。姉妹そろって美しくて驚いてしまったよ。僕はオリバー。よろしくね」

別に間違えたわけではない。最初に妹のほうに挨拶してしまっただけという雰囲気を醸《かも》し出しながらきちんと挨拶し直すオリバーは、頭がよく気遣いのできる人なのだろう。

でもアリーシアを見て輝いた瞳と、ジェニファーがお相手と知って落胆した表情は、見る人が見ればはっきりとわかるほど違っていた。

「ジェニファーはこの国では珍しい金髪でね。君も噂くらいは知っているかと思っていたが」

「いいえ。申し訳ないのですが、そういった噂には疎《うと》くて。これからお互いに中身を知っていけるといいのですが」

オリバーはもうアリーシアのほうに目もくれなかったが、オリバーの言い方は、ジェニファーの見た目が好みではないと言っているのと同じだった。

「さあ、立ち話もなんだし、それでは応接室へ行こうか」

アリーシアはハリエットに睨《にら》まれたので、一礼すると部屋に下がろうとした。

「あれ、アリーシア。君もおいでよ」

「あの、私」

行きたくない。行ったとしたら針の筵なのは明らかだ。断ろうとしたアリーシアを見て、ハリエットが小さく一つため息をついた。

「あれはいいのですよ。家族としてオリバー様にもかかわってくることですから紹介はいたしましたが、卑しい生まれですのでまだしつけがなっていなくて」

「それならなおのこと、こういう場には慣れさせるべきでしょう。君、僕はちょっとくらい不作法であっても気にしないよ。さ、おいで」

アリーシアは慌てて首を横に振った。

「オリバー様の好意を無駄にするつもりなの。仕方がないからいらっしゃい」

ハリエットの一言でお茶会に参加することになってしまったアリーシアはとても憂鬱《ゆううつ》だった。

なんとかオリバーが会話に入れようとしてくれても、ハリエットとジェニファーが邪魔をする。

そもそも会話になど入りたくなかったアリーシアもつらい。

極めつけは父親の言葉だった。

「どちらの娘も私の血を引いていることに違いはない。残った娘もまあ、どこかには嫁がせるだろうから、オリバーは好きなほうと婚約すればいいだろう」

とんでもないことを言い出した。慌ててジェニファーを見ると、その言葉に衝撃を受けているのがまるわかりだ。アリーシアは自分はもう父からの愛情をあきらめていたから何を言われても我慢できたが、ジェニファーは父を慕っているはずだ。せめてジェニファーの気持ちに気がついて大切にしてあげてほしいと心から願った。もちろん、ジェニファーが好きだからではない。アリーシアに八つ当たりがくるのが嫌だからだ。

「ありえませんわ。アリーシア、もう十分でしょう。下がりなさい」

娘の婚約者になる相手に夫婦の不仲や家のごたごたを見せてはいけないことくらいアリーシアでもわかる。オリバーがそれをじっと観察しているのに他の家族は誰も気がつかないのだろうか。

アリーシアが言われた通り下がろうとして立ちあがると、オリバーはジャケットの内ポケットに手をやり、そこから何かを取り出した。

「これ、お土産には子どもっぽいかと思ったけれど、僕の妹になるんだからいいよね。手を出してごらん」

アリーシアは思わずハリエットとジェニファーのほうをうかがったが、断っても断らなくてもお土産を用意されていた時点で結局は嫌がられるのだ。それならまだ素直に手を出したほうがいいと判断した。

「はい、どうぞ」

「ひっ！」

アリーシアは手のひらに載せられた、色とりどりの紙に包まれた飴を思わず取り落としていた。

グシャリと。

踏みつぶされた飴の記憶がよみがえる。

「お母様」

思わずつぶやいた一言と共に、押し込めていた記憶があふれ出す。

「アリーシア。君。涙が」

「失礼します」

応接室を飛び出したアリーシアの行く先など、自分の部屋しかなかった。


その出会いの何が原因だったのかはアリーシアにはわからなかったが、その時以来、オリバーはバーノン家を訪れるたびにアリーシアのことも気にかけてくれるようになった。

だがそれが迷惑だとはどう説明しても気がついてはくれなかった。

オリバーが来た日の夜、狭い自分の部屋に閉じこもっていたアリーシアはハリエットに引きずり出された。いつもは人目のないところでひっそりといびられるだけなのに。玄関ホールにはジェニファーがおり、使用人も集められていた。父親もいたが、退屈そうにしているだけでハリエットを止めてくれる気配はなかった。

「姉の婚約者の気を引くなんてさすが泥棒猫の娘ね！　その薄汚い黒い髪も、淀んだ沼のような緑の目もどこがいいというのかしら」

アリーシアもこの一年で、言い返したら状況がひどくなるだけだということはわかっていたはずだった。だが閉じ込めていた母親のことを思い出してしまった今日は、それは無理だった。

お母様との笑顔の絶えない明るい毎日の暮らし。お母様の優しい笑顔。誰も傷つけたこともなく、理《り》不尽《ふじん》だとわかっているのにお父様のことを責めたりもしなかった。

「気を引いてなんていません。それにお母様も泥棒猫なんかじゃない！」

お母様はお父様のことが大好きだった。お母様が泥棒猫じゃないと言ってしまったら、悪いのはお父様ということになる。お母様なら自分が何と言われようともお父様を大事にしただろう。

そう思っていたから、今まで何を言われても言い訳せずに我慢してきたのだ。アリーシアは両手を体の横でぐっと握ると、ハリエットを睨みつけた。ハリエットは今まで従順だったアリーシアのその眼光に思わず一歩引いて、そのことに悔しそうな顔をした。

「お母様は優しかった。いつも笑顔で楽しそうにしていたの。あなたのように人に意地悪をしたり、怒鳴ったり、ましてや叩いたりしたことなんてないんだから！」

「なんですって」

ハリエットの低い声が響いた。ここでやめればよかったのだが、アリーシアは止まれなかった。

「私はこのお母様とそっくりの緑の瞳が大好き。沼の色なんかじゃない。北の国の新緑の色だってお母さまは言っていたもの。春の色なんだって。それに、黒髪の何が悪いの！」

これには居合わせた使用人たちもそうだそうだというように頷いている。何しろ、自分たちだって黒や濃い茶色の髪がほとんどで、この国ではそれが当たり前で美しいものなのだから。

「お母様は私の髪をとかしながらいつでも言ってたわ。『美しいわね。お父様とそっくりのアリーシアの髪が私は大好きよ』って」

「セシリア」

つぶやいたのはすべてを興味なさそうに見ていたハロルドだ。だがそのつぶやきはハリエットの怒りに油を注いだ。

「その名前はこの家では許されません。北の国の話も禁じたはずです、アリーシア。何のために家庭教師をつけたのかしら。まったく貴族としての態度が身についていないわ」

母親のことも、北の国のことも、貴族としての在《あ》り方に何の関係もない。アリーシアは叫んだ。

「意地悪なあなたみたいな人が貴族の見本だっていうなら、貴族なんてなりたくない！」

ずっと我慢していた。子爵家に引き取られたくなんてなかった。お母様がいなければどこだって同じだと思っていたのだ。

「そう。それならちょうどよかったわ」

ハリエットはわが意を得たりとばかりに微笑んだ。

「情けを与えるからつけあがるのです。ジェニファーと姉妹？　同じ立場などありえません」

アリーシアから自分が妹だなどと主張したことは一度もないと言いたかった。

「お前は明日から使用人です。食事と住むところを与えられるだけましだと思いなさい」

この家の娘ではない。明日から使用人だということを、屋敷に知らしめるために皆を集めたらしい。子爵家の籍に入っているからということで我慢していたハリエットの糸は、今日のオリバーの来訪でぷつんと切れてしまったのだ。愛娘《まなむすめ》が泥棒猫の子どもに万が一でも劣ってはならないということなのだろう。あるいは、自分とハロルドとの関係に思いを重ねたのかもしれなかった。

「旦那様、さすがにそれは行きすぎではありませんか」

家令が黙っていられないように口を挟むが、ハロルドは肩をすくめただけだった。その瞳はうつろで、この家の人はその目に誰一人として映っていないかのようだった。

セシリアの娘であるアリーシアさえもだ。

「あれのことはハリエットに任せてある」

ハリエットが勝ち誇《ほこ》ったように微笑んだ。

母が亡くなってからちょうど一年、その日からアリーシアは屋敷の下働きになった。

第二章　闇の底へ

アリーシアは背中の痛みをこらえながら、賑わう通りを町のはずれに向かっている。

案の定、オリバーが帰った後、アリーシアはジェニファーに折檻《せっかん》された。

「なんで断らなかったの？　そんなにオリバー様のところに行きたいの？」

最初の頃は口だけだったジェニファーの攻撃も、ハリエットの真似をしてすぐに扇へと変わった。一度顔にあざができた時からは、さすがに見える場所を叩くのは控えるようになったが、それが何だというのだろう。誰もアリーシアの顔など気にしないし、痛いものは痛いのだ。

救いは使用人仲間が中立でいてくれたことだ。

オリバーが間違ってアリーシアを選んだ日、言われた通りアリーシアの面倒を見てきれいに磨き上げた使用人はひどく叱責されたそうだ。だがそもそも彼女は台所の下働きである。この仕事を解雇されたとしても、次も貴族の屋敷を望みさえしなければ商業の町ヴィランでは仕事には困らない。

余分な仕事をさせられて叱られるくらいなら、辞めて別のところで働くと言い放ったそうだ。そうなると困るのは義母のほうだ。自分がやっているのが慈善ではなくいじめだということは自覚しており、それを言いふらされでもしたら、どこから足を引っ張られるかわからない。

結局下働きの女性はそのまま残ることになったが、正義感では飯は食えない。

「あんたには申し訳ないとは思うけど、もめごとはごめんだからね。距離を置かせてもらうよ」

それが使用人の一致した意見になった。表立って助けもしないが、女主人の尻馬に乗っていじめもしない。結局使用人として扱われるようになっても、アリーシアにとっては今までと同じ寂しい日々が続くだけだったことを、まだましだと思うべきなのだろう。

姉の家庭教師も今までの教養から、礼儀作法や刺繍《ししゅう》など、嫁ぐための家庭教師に変わったそうだ。ひそかにアリーシアを支えてくれていた先生はいなくなり、アリーシアが読める新しい本はなくなってしまった。

それでも、家族ではないのに家族として過ごすひどく居心地の悪い食事の時間より、話したりしなくても悪意ない人たちと過ごす時間のほうがよかったくらいだ。

だが、目立たないように台所にいても、屋敷の裏で働いていても、なにか苛立つことがあると義母はわざわざアリーシアを探し出していいがかりをつけてくる。食事抜きを言いつけられた日は、かわいそうに思ったとしても他の使用人がアリーシアに食事を分けるわけにもいかない。アリーシアはうつむきがちな、やせたまま目だけ目立つ少女に育っていった。

ひどく叩かれて熱を出したこともある。その日、それでも仕事をさせようとした義母を止めてくれたのは家令だった。

「使用人として扱うなら、熱が出たら休ませるべきです」

「怠け者を休ませる必要などないわ」

目を吊り上げるハリエットに、家令は静かに言い聞かせた。

「死にますよ」

「何を言っているの」

自分が叩かれたこともない、いじめられたこともない義母は、限度を知らない。熱が出るほど打たれるというのがどういうことか全く理解していなかった。

「このまま看病もせず働かせたらこの子は死にます」

「それでも」

それでもかまわないと言おうとしたのだろう。

「奥様が庶子を引き取って育てていることは知れ渡っている事実です」

対外的には、淑女の鑑《かがみ》だと言われているのだから。

「もし引き取った子が死んでしまえば、人の口に戸は立てられません」

たんたんと語られる家令の言葉に、ハリエットはきっと口を引き結ぶと戻っていった。なぜ死んだのかはきっと噂になる。何より貴族としての体面が大事な人なのだ。

アリーシアは熱に浮かされながら、二人の話を聞いていた。死んでもいいと思われていることは悲しくなかった。

「死んだら、お母様に会えるかしら」

むしろ会えたらいいなと思う。だが、数日して熱は下がり、母のもとになど行けず、いつも通りの生活が戻っただけだった。

熱を出した後から、アリーシアにも他の使用人と同じに休暇が与えられることになった。七日に一回。アリーシアは定期的に休みを取る必要はなかったので、よく他の使用人と休みを取り替えてあげたが、それはアリーシアにも都合がよかった。休みだと知れば義母と義姉に意地悪される。働いていればそれが減った。そうしていつか自分の存在は忘れてくれればいいのにと願っていても、オリバーがやってきてアリーシアを目立つところに引っ張り出すのだ。

その厄介《やっかい》ごとしか持ち込まないオリバーの家に、侍女として行かされるかもしれない。そう聞かされて、アリーシアはずっと迷っていた行動に出る決意ができた。

痛む体をおして、義母や義姉が起きてくる前に屋敷をそっと出る。帰ってきたら、何をしていたんだとまた責められるのだろう。お休みと言ってもそんなものだ。

だが、そんなことを言っていては目的の場所にたどり着けない。アリーシアはポケットの中の銀貨を二枚、ギュッと握りしめた。お母様に果物を買ってあげるつもりだった銀貨だ。勇気を出そう。お母様のために働いていた時のように。

目を地面に落としてさえいれば、アリーシアはどこにでもいる貧しい少女に見える。もう一五歳だけれど、細い体に着ているのは、何度も洗って繕《つくろ》った一三歳の時の服だ。あの時以来、新しい服など買ってもらったことはない。体に合う服を着るのはオリバーが来た時だけで、その時ばかりはお仕着せを貸してもらえる。だが嬉しくもなんともなかった。

行く先は、馬車で一度通ったきりで道も覚えていないけれど、場所を問えば間違いなく教えてもらえるところ。飛竜便の事務所だ。

この国セイクタッドは、竜の守りし国と呼ばれている。大陸の北西部の山脈にひっそりと棲《す》んでいてめったに人里に降りてこない竜が、この国の王の元には必ず一頭はいる。竜が代替わりをしても、必ず王宮の一角に棲みつくという。それを聖竜《せいりゅう》と呼ぶ。そして聖竜はこの国を縄張りとみなしているのか、しばしば出かけては上空を飛ぶ。そのため、晴れた日に空を見上げると、時折竜を見かけることがある。それがまるで国を守っているように見えるので、「竜の守りし国」と呼ぶのだそうだ。それでもめったに見ることができないので、竜を見ることは瑞祥《ずいしょう》とされているのだという。

そのことをアリーシアは、母から聞いて知っていたが、その珍しいはずの竜がなぜ荷物を運ぶのかはわかっていなかった。家庭教師から読ませてもらった歴史の本にも書いていない。

書いていない理由は、飛竜便ができたのがごく最近のことだからと知ったのは、使用人のおしゃべりからだった。

「今日も竜を見たぜ。ありがたいねえ」

「ああ、聖竜様じゃなくて、飛竜便のところのか？」

台所で芋の皮むきをしていた時に聞こえてきた言葉だ。仕事の手を止めないようにしながらも、アリーシアは飛竜便という懐かしい言葉に全身で聞き耳をたてた。

ありがたいことに、使用人はまるで自分のことのように飛竜便の成り立ちを自慢げに話してくれた。

三〇年に一度、竜は卵を一〇個ほど産む。一番近い産卵は今から一〇年ほど前のことだそうだ。いつもならそのうちの一つしか孵《かえ》らないはずの竜の卵が、今回に限って全部孵ってしまった。母竜は一頭しか育てないので、残り九頭の子竜は死ぬ運命だったそうだ。

それを全部引き取って育てたのがフェルゼンダイン侯爵家の次男。

その功績が高く評価され、王家に利益を還元することを条件に、飛竜便が許可されたのだという。

「うちの旦那様も十数年前まではアルトロフに商売に行っていたが、往復に四、五ヶ月もかかるんじゃあ、利益なんてないんだろうな。もう行かなくなってしまったが、飛竜便なら二日だそうだぜ」

よく果物の注文があったなとアリーシアは思い出す。

「飛竜便がここにあるおかげでしょっちゅう竜が見られるんだから、ヴィランの町は運がいい」

「聖竜じゃないんじゃ、ご利益はないんじゃないのか」

「馬鹿言え、聖竜の子どもには違いないんだ。一〇分の一だとしてもありがたいじゃねえか」

「違いねえ」

笑っている使用人たちはおしゃべりばかりするなと叱られていたが、アリーシアにはありがたい話である。いつか見た、そしてアリーシアに鼻を押し付けた竜がそんな理由で生き残っていてくれて本当によかったと思うのだった。

その飛竜便の場所は、町の中心部からは歩いて二時間ほどだろうか。背中の痛みにも慣れ、気にならなくなってきた頃、懐かしい街並みが見えてきた。町外れとはいえ、商業都市である。荷物を預かる倉庫がたくさん建っている場所で、町の中心部ほどの賑わいはなかったが、それなりに人はたくさんいる。

この十字路を右に曲がればお母様と暮らした家がある。体は自然とそちらに曲がろうとするが、今はその時ではないと手を握りしめ、まっすぐに歩く。子どもの頃は走っていったなと思い出しながら道をたどっていくと、そこには知らない建物が建っていた。

町はようやっと動き始めたばかりで、人もまだまばらだ。

「飛竜便の事務所、なくなっちゃったのかな……」

胸の前で手を握り合わせていると、大きな建物の中から手に紙束を持った人が出てきた。アリーシアの心臓が大きくどきんと打ったような気がした。

「ライナーさん」

あの頃と全然変わらない、忙しそうな様子で一緒に出てきた人と話をしている。

「ライナーさん」

少しだけ一緒に働いた女の子を覚えていてくれるだろうか。大きくなったらこの子はうちの事務所で働くんだと言ってくれたこと、少しでも覚えていてくれたら。大きな声で呼びかけたかったけれど、声が出ない。「はい、お嬢様」「はい、奥様」と言うほかはほとんど何もしゃべらないアリーシアは大きな声が出せなくなっていた。

やがて指示を出し終えたライナーは、建物に入ろうとした。こんな大きい事務所になったんだもの、入ってしまったら怪しい少女など行っても会わせてはもらえないだろう。アリーシアは伸ばしかけた手を引っ込め、うつむいた。

建物は変わっていたけれど、懐かしい場所と人がそのままだった、それでいいではないか。

アリーシアはうつむいたまま踵《きびす》を返そうとした。

「アリーシア？」

はっと顔を上げた先には、息を切らせた懐かしいライナーの顔があった。アリーシアを見つけて走ってきたようだ。

「やっぱりアリーシアだ。三年ぶりか？　大きく、なってはいないな」

ライナーは親しげにぽんと背を叩こうとしたが、アリーシアが身をすくめるのを見てその手を止めた。そして三年前と同じように小さい服から伸びている細い手に目をやり眉をひそめたが、穏やかな笑みを浮かべると建物のほうに顎をしゃくった。

「せっかく来たんだ。事務所に寄って行かないか」

ライナーはかすかに頷くアリーシアの一歩先を、まるで目を離したらいなくなるかのように何度も振り返りながら建物まで歩いてくれた。アリーシアは思わず口元に笑みを浮かべようとして、ぎこちなく口がゆがむのを感じた。もうどれくらい笑っていないだろう。顔も笑い方を忘れてしまったかのようだった。

「おーい、温かい茶をくれ。砂糖も入れてな」

建物の中はテーブルが並び、人が何人もいて、忙しそうに書類を作ったりその書類を持ってどこかに行ったりと賑やかなことこの上ない。アリーシアが示された椅子に、背中を当てないようにそっと座ると、すぐに湯気の立つ温かいお茶が運ばれてきた。

温かいお茶など飲むのはいつぶりだろうか。そっと抱えたカップは熱く、一口すすったお茶は甘くて苦かった。

「ごめんな、おいしいお茶を入れられる奴がいなくて」

「ライナーさん、せっかく茶を入れたのにひどいっすよ」

お茶を持ってきてくれた青年が文句を言い、事務所に笑いが広がった。上司にでも気軽に文句を言える、気の置けない職場なのだ。事務所が大きくなってもそれは変わっていないんだなとアリーシアは温かい気持ちになる。

「さっそくだがアリーシア。少し時間はあるかい」

「はい。お昼くらいまでなら」

何時に帰ってもどこに行ってきたかうるさく聞かれるのだから、屋敷に帰るのは夕方でもいいだろう。

「悪いんだが、これ」

出された紙には細かい文字がぎっしり書かれていた。

「アルトロフからの手紙、ですか」

「いちおう人手はあるんだが、毎日いてくれるわけじゃないんでな」

「でも私」

もう二年、勉強などしていない。自信がないアリーシアだったが、ちらりと目をやった手紙は、まったく問題なく読めた。毎日、母からもらった本を読んでいるからだろうか。

字が書けるアリーシアは使用人の間でも重宝されていた。代筆や代読などもその時ばかりは都合よく頼んでくるので、勉強を続けていなくてもセイクタッドの言葉も書けることは書けるはずだ。

「やり、ます」

暖かい場所とおいしいお茶のお礼に。アリーシアは、楽しい翻訳に時間を忘れ、気がついたら昼近くになっていた。昼休憩で席を立つ人たちに気づき、アリーシアも席を立った。

「できました。あの、それともう帰ります」

「待ってくれ」

ライナーは翻訳された紙を取り上げると、さっと目を通した。

「きれいな字になったな。文法も正確だ。中身も問題ない。よし」

一年間、ジェニファーの隣で勉強していたのは無駄ではなかったようだ。ライナーはポケットから銀貨を三枚出すと、ほっとしているアリーシアに手渡した。アリーシアはそのお金を両手で大事に受け取った。あの時以来、初めての自分のお金だ。ライナーは世間話でもするようにアリーシアに話しかけた。

「アリーシア。なんか用事があって来たんだろ」

言いたいことがあるとなぜわかったのか不思議だったが、アリーシアはありがたいと思う。

「あの。私あと半年で」

あと半年で一六歳になる。そしたら保護者の許可がなくても働けるようになる。

「いいぜ」

続きを言う前に、ライナーが間髪容《かんはつい》れずに返事をした。

「席は用意しといてやる。アルトロフ語ができる奴なんてめったにいない。何人いてもありがたいんだよ。アルトロフ語どころか、自分の国の言葉だってたいして書けない奴ばっかりなんだぞ」

「とばっちりがきたよ」

残っていた社員が笑って肩をすくめる。ライナーが真剣な顔になった。

「今すぐは無理なんだな」

「奥様の許可が、出ないと思うんです」

アリーシアはまたうつむいた。許可が出ないどころか、アリーシアにやりたいことがあると知ったら全力で邪魔をするだろう。絶対に話せなかった。

「奥様。なるほどな」

ライナーは目をすがめた。

「給料は、その、こっちよりいいのか」

「給料はもらってないんです。住む場所をもらって、食べさせてもらってるので」

「ほんとに食べさせてもらってるのか」

「……はい」

だいたいは食べられている。時々抜かれるだけだ。

「親の許可がなくても働けるようになったら、私きっとここに来ますから、だからその時はここで働かせてください！」

アリーシアは改めてライナーに頭を下げた。席は用意してやると言われたけれど、自分の言葉でちゃんと頼まなければ気が済まなかった。

「ああ。待ってるから。待ってるし、それまでだって暇な時はいつでも手伝いに来い。三年前みたいにな」

「はい」

アリーシアは涙ぐんで顔が上げられなかった。

「急に来なくなって心配したんだぞ」

「はい」

「家を探したが、父親の元に引き取られたって聞いた。その通りなんだな」

アリーシアは今度は黙って頷いた。自分がいなくなっても心配してくれる人が、たった一人だけでもいたことが嬉しかった。ライナーは湿った空気を払うようにパンと両手を叩いた。

「よし。逃した魚は戻って来た！　これでシングレア商会は安泰《あんたい》だな」

「女の子を魚扱いはひどいですよ」

魚と言われたことがなんだか嬉しくて、アリーシアは思わずニコッと微笑んだ。魚扱いするなと言った青年がそのアリーシアを見て思わず口ごもった。

「その、あんた。きれいな目だな」

何を言っているんだとライナーにバンバン背中を叩かれている青年を見て、アリーシアは久しぶりにクスクスと笑った。

その時ドアが静かに開いて、かつかつと歩く足音と共に一瞬部屋が静かになった。そしてすぐに挨拶の声が飛び交う。その足音はアリーシアとライナーのところで止まった。

「楽しそうだな」

「若。ええ、新人が来てましてね」

若というのは、たしかあの日竜に乗っていた人だ。ということは竜はまた近くにいるのだろうか。アリーシアはそわそわし、竜がいないかと思わず背伸びをして窓の外を覗こうとした。

「竜は竜舎に置いてきた」

ではは外にはいないのか。アリーシアはその声にがっかりして伸ばしていた首を元に戻した。そして、何かを楽しみにしたり何かにがっかりしたりしたのが久しぶりだということに気がついて、少し切ない気持ちになった。

「若。前に話してた、アルトロフ語のできる子です。見つけましたよ！　半年後に入ってくれる予定です」

アリーシアはライナーの突然の紹介に焦《あせ》って若と呼ばれた人のほうを向いた。確か空のような瞳をした人だったなと思い出しながら。

そして一礼して顔を上げると、思わず目を見開いた。

明るい青空のようだと思っていた瞳は冬の空のように凍《い》てついた光を放っていた。何より顔の左側は斜めに眼帯で覆われており、左目は隠されていた。頬には眼帯の下に続いているであろう一本の傷跡が見える。

おそらく何かの事故で怪我をしたのだろう。アリーシアはその痛みを想像すると苦しくなる気がして、右手で胸をそっと押さえ、もう一度頭を下げた。

「まだ先ですが、よろしくお願いします」

返事はなかったが頷いたような気配がしたので、アリーシアはほっと息を吐いた。

「ライナーさん。今日はありがとうございました」

「アリーシア。半年後と言わず、いつでも来ていいんだぞ。なんなら今このままでもいい。下宿先も探してやるから」

「いえ。いいえ。そんなことをしたら、ご迷惑がかかりますから」

アリーシアは改めて礼をすると、事務所を出ようとした。

本当はあの家から逃げ出そうということは何度も考えた。だが、保護者のいない未成年の女の子に、食べていけるだけの仕事がないことは理解していた。

この事務所を頼ればなんとかなるかもしれないという考えも、お守りのように心の中に大切に持っていたが、おそらく無理だろうということもわかっていた。バーノン家は子爵家といえど貴族であり、しかも周りの話を聞くと商売をしてそれなりに力のある家でもあるらしい。義母の性格を考えると、アリーシアがここで働くのを許すはずがなく、もし無理に家を出てここで雇われたとしても、子爵家の力を使って商売に圧力をかけるに違いなかった。

小さい頃のアリーシアを支えてくれた事務所にそんな迷惑をかけるわけにはいかない。あと半年、なんとか半年耐えれば、成人したということで家の圧力をはねのけることができるかもしれないのだ。

「相変わらず気持ちいいほど私には興味がないんだな」

「若、覚えてましたか」

「海の瞳。南の海だ」

アリーシアの後ろで何か言っていたような気がしたが、アリーシアは事務所の扉を開けると、静かに外に滑り出てそっと閉めた。物音を立てないように動く癖がこんなところでも出てしまった。

冬の寒い風にぶるっと身を震わせると、夢中で仕事をしていた時には忘れていた背中の痛みを思い出す。それからもらった銀貨がポケットで音をたてないように、ハンカチでしっかりと包んだ。

万が一にでも持っていることがばれたら、取り上げられてしまうのはわかっている。その銀貨一枚がどれほどの価値があるかもわからないほど贅沢な暮らしをしているのに、アリーシアが何かを持っているということだけで不愉快になる人たちなのだ。

今のアリーシアにあるのは、大事にしている北の国の本と、この銀貨合わせて五枚、そして数枚の着替えだけ。

「よく考えたら、お屋敷に来た時から、銀貨三枚分増えているとも言えるんだわ」

思い返してみると、母が生きていた時も、一見仲のいい家族のように見えたかもしれないけれど、もともと父の愛情などなかったのだ。

夕方近くに帰りそっと屋敷の裏口から入ろうとしたが、誰にも何も言われなかったのは、義母と義姉はどこかに出かけていたかららしい。先に一六歳になる義姉は社交界へのデビューが控えており、その準備に余念がないのが救いだった。

そのおかげで夕食にもありつくことができ、アリーシアにとっては背中の痛みの他はとてもよい一日になった。

「あの人たちが早く社交で忙しくなればいいのに」

働くのは嫌いではない。母親のために働きに出るもっと前には、ソファで母に身を寄せて大好きな本を読みふけった、そんな日々もあった。だが母がいなくなった今、そんな夢を見るくらいなら、体を動かしていたほうがましなのだから。


社交界のデビューを控え、義姉も義母もアリーシアの願い通り忙しくなっていった。

だがそれに合わせてアリーシアはもっと忙しくなった。

「私の侍女として付いてくるなら、侍女としての仕事も覚えてもらわないと困るわ」

オリバーのところに嫁ぐ時に連れていくという話なら、義姉のジェニファー自身は明らかに嫌がっていたはずだ。オリバーの近くにアリーシアがいることに耐えられるわけがない。何とか理由をつけて、この家に置いて行かれるものだと思っていた、いや願っていたアリーシアは戸惑ってしまった。何より一緒に過ごす時間が増えるのは、アリーシアにとってもジェニファーにとっても不愉快なことだというのに。

だがその理由はすぐにわかった。

「いたっ」

ジェニファーの扇がアリーシアの腕に振り下ろされる。

「痛いのはこちらだわ。なんなの、そのブラシの通し方は。わざわざ練習台になってあげているのに、いつまでたっても上達しないのね」

「申しわけありません」

アリーシアの腕はあざだらけになった。

なんのことはない。屋敷の中をアリーシアを探さなくて済むように、自分のそばに置いておきたいというそれだけのことだった。もちろん、侍女としての研修のためなどではない。難癖をつけていびるための相手がほしいだけなのだ。オリバーのことになると、ジェニファーはハリエットよりしつこいから嫌になる。

ジェニファーの侍女はアリーシアの他に二人いる。

「まったく、できが悪いわ。そうは思わない？」

主人にそう言われたらその二人の侍女も追従《ついじゅう》するしかない。とはいえ、ジェニファーと一緒になって嬉々《きき》として意地悪する様子を見ている限り、いやいや従っているとは思えなかったから、類は友を呼ぶというのは本当だなと思うアリーシアである。

今まで水仕事が多かったアリーシアにとっては、侍女の仕事そのものはそう大変なものではない。一番大変なのはジェニファーの髪を結ったり、服を選ぶ手伝いをしたりなど、今まで経験のなかったことをすることだ。しかし、他の侍女は教えてくれようとはしない。見よう見まねでやると失敗する。失敗するとここぞとばかりに責められる。

時折振り下ろされる扇の痛み以外、体はいくらか楽になったはずなのに、意味もなく嫌われ責められる毎日はアリーシアの心をすり減らしていった。

七日に一度もらえていたはずのお休みも、ジェニファーの都合でないものにされる。お休みになったら行けるかもしれないと思っていた飛竜便の事務所には、あれから一度も顔を出せたことがなかった。

父親はといえば相変わらず家のことには興味がないうえに忙しく、母が生きていた時のように、いや、生きていた時よりももっと頻繁に商売で家をあけがちだ。

アリーシアが父親を見かけることはめったにないが、たまに見かける時はいつも厳しい顔をしているように思う。

「ハリーの太陽のように暖かい笑顔が好きよ」

お母様がよく言っていた言葉は、アリーシアがこの屋敷で見かける、皮肉な口元をした険しい顔の男にはふさわしいとは思えない。もっとも形だけは家族のように暮らしていた時でさえ、父親を横からしか見たことのなかったアリーシアは、その暖かさを実感したことはない。アリーシアにとってはただ母親だけが太陽だった。

それでもさすがにジェニファーのデビューの時は、エスコートのために父親は屋敷にいた。

ジェニファーの支度は先輩の侍女が行ったが、真っ白なドレスに控えめなレースは、ジェニファーの金髪と青い目を引き立たせてそれは美しい仕上がりだった。

「同じ年の娘なのに、片方は大事にされて、片方は使用人。ほんと大違いよね」

ジェニファーを見送ってほっとした空気が玄関ホールに流れる中、同じ侍女の仕事をしている同僚が、わざわざアリーシアに聞こえるように言った。アリーシアはいつものことなので聞き流して仕事に戻ろうとすると、その侍女に肩をつかまれた。

「無視しないでよ！」

アリーシアはため息をついて、まっすぐにその侍女の目を見た。義母や義姉に言われても我慢しているのは、たとえアリーシア自身に何の咎《とが》がなくても、同じ家に庶子がいることに腹を立てる気持ちは仕方がないと思うからだ。だが同僚がアリーシアを責めるのまで我慢することはないと思っている。

だから言うことはこれだけだ。

「大違いだとして、それがあなたに何の関係があるの？」

「なっ」

侍女はかっとしてアリーシアに手を振り上げようとした。手なら少しよければたいして痛くない。道具で叩かれるよりまだましだ。アリーシアは口の中が切れないようにぐっと歯を噛みしめた。だが、侍女の手は飛んでこなかった。

「やめなさい」

以前アリーシアが熱を出した時に休みを取らせろと言った家令が侍女の手を止めていた。

「私はお嬢様と同じことをしているだけです！」

「勘違いするな。お前はお嬢様とは立場が違う。使用人だ」

「ならこの人もそうでしょ！　奥様がそうおっしゃったわ」

家令はゆっくりと首を横に振った。

「奥様やお嬢様がどう振る舞おうとも、アリーシア様はバーノン子爵家のお嬢様だ。正式な籍のある貴族なんだ。このことがどういうことかわからないのなら、その手を振り下ろすがいい」

どういうことなのかはアリーシアもわからなかったが、侍女は家令の手を振り払ってイライラした足取りで歩き去った。

どうして助けてくれたのかはわからないが、痛いことが一つ減ったのは確かだ。アリーシアは頭を下げると、そのまま下がろうとして家令の姿の何かに記憶を刺激された。

父は母のところに来る時はいつも馬車で送られてきて、家の少し手前で降りる。帰る時もそうだ。アリーシアはたまたま外で遊んでいる時にそれを見て、まるでうちに来たと思われたくないみたいだと思ったものだ。

「馬車の、御者さん？」

「覚えていましたか……」

家令はそれ以上は何も言わず、顔を背けて歩き去っていった。いつもとほんの少し違う出来事のあった日だったが、だからと言ってアリーシアの毎日がそう変わるわけではない。ジェニファーのデビューがうまくいって、機嫌のいい毎日が続くといいと祈るだけだった。

そしてその祈りは珍しく聞き届けられたらしい。

「王様にも会えたのよ」

一年に一度、その年に一六歳になった少女がまとめてデビューするお披露目の会で、少女たちは等しく王様にも挨拶をし、一言声をかけられるのだという。

「オリバー様とも踊ったけれど、他にも何人にも誘われて」

夢見るような瞳のジェニファーに侍女たちも嬉しそうに同意する。その美しさは彼女たちが作ったようなものだから、少しばかりお世辞があるにしても、純粋に嬉しいのだろう。

「お嬢様の金髪と青い瞳の美しさにかなう人はいないと思いますわ」

「会場ではさぞかし目立ったことでしょうね」

その褒め言葉にも嬉しそうだ。いろいろな話を楽しそうにする中で、ジェニファーには印象的だった出来事があるという。

「そうそう、普段お会いできることのない侯爵家や伯爵家の方も来ていたのだけれど、眼帯をつけた方がいて、それがとても恐ろしかったの」

眼帯と聞いてアリーシアが思い出すのは、ライナーのいる商会の若君だ。空の瞳の竜使い。怖いとは思わなかったけれど、生まれて初めて見た黒い眼帯というものは、確かに目を引いたし不気味と言われればそうかもしれないと思う。侍女たちも興味津々だ。

「まあ、いったいなぜそんな。仮面舞踏会でもあるまいし」

「なんでも怪我をしたらしいのよ。眼帯で隠れていないところまで傷跡が見えていて、とても恐ろしかったの。しかも厳しい顔をして誰も寄せ付けないから、皆距離をとっていたわ」

「お嬢様は誘われたりしたんですの？　誰よりも美しかったはずですもの」

髪を結い上げた侍女が誇らしそうにそう言ったが、ジェニファーは頬に手を当てて、とんでもないと目を見開いた。

「誘われはしなかったけれど、誘われたとしても、怖くて踊るのなんて無理よ」

「それもそうですねえ」

話は他の貴公子やオリバーがどれだけ素敵だったかという話に移ったが、アリーシアには興味がなかった。素敵な貴公子がいたとしても、アリーシアに何の関係があるのか。

「それに、どんな人と踊ったとしても、あと一年もせずにオリバー様のところに嫁ぐんだから」

「まあ、一途《いちず》で素敵ですわ」

そしてアリーシアにとっては、ジェニファーが嫁ぐより前、自分が成人する四ヶ月後にうまくこの家から逃げられるかがカギになる。

アリーシアが家を出たら、義母と義姉がどれだけ喜ぶことかと思う。だが、もしアリーシアから家を出たいと言ったら、アリーシアがそうしたがったからという理由だけで止められてしまうような気がする。とにかくギリギリまでは黙っていなければならない。

それからしばらくは義母と義姉は機嫌がよかった。

「婚約者がいるというのに、婚約の申し込みが後を絶たないなんて困ったわ。よほどデビューの時のジェニファーが美しかったのね」

ハリエットはわざとアリーシアに聞こえるところで自慢をする。

「子爵家だけでなく、中には伯爵家からも申し込みがあるのよ。でもオリバー様のところも伯爵家ですからね」

申し込んできたのが侯爵家なら考え直すとでもいいたげだ。しかし父がオリバーを選んだのはあくまで商会の仕事を引き継ぐという意味もある。この二年間、オリバーは父についてしっかりと商会の仕事を学んできたはずで、身分が上だとか条件がいいとかでそう簡単に婚約者が変えられるわけがない。浮かれる義姉と義母が愚かしく見えて、アリーシアはそっと顔を背けた。

しかし、現実はアリーシアの予想をはるかに上回った。

ジェニファーのデビューからすぐにまたオリバーと共に外国に出ていた父が、珍しく厳しい顔をして戻って来た。いつもではないが、こうしてオリバーを外国に伴うことがあって、そんな時はオリバーにしばらく会わずに済むからアリーシアとしてはほっとする期間でもある。

デビューからの多数の求婚という出来事に気をよくしていた義母と義姉はそもそもが上機嫌だったが、オリバーが一緒だと気づいたジェニファーはいっそう嬉しそうに父親とオリバーを迎えた。

しかし、父親の顔は険しいままだ。

「話がある。すぐ来るように」

父親の言葉に、義母と義姉二人はいぶかしげな顔を見合わせながらも応接室に向かった。しかし、ふと父親が足を止めた。

「アリーシアはどこだ」

どこだも何も、使用人の間に立っていたのだが、気がつかなかったようだ。名前を呼ばれたのさえ久しぶりで戸惑ったが、無視してもろくなことにならないのは義姉や義母から学んでいる。

「ここに」

アリーシアが一歩前に出ると、ハロルドは眉を大きく上げた。

「なぜ侍女の格好をしている」

「少し前から、お嬢様の侍女をしております」

「お嬢様？　ジェニファーのことか」

「はい」

ハロルドが淡々と答えうつむくアリーシアに眉をひそめ、ハリエットのほうを見ると、ハリエットは肩をすくめた。

「二年前、使用人にすると言ったらあなたは私に任せるとおっしゃったではありませんか」

「だからといってこれはないだろう。まあいい。アリーシアも一緒に来なさい」

なんの話かわからなかったが、この家に来てそもそもなにかいい話があったことはなかった。アリーシアは沈んだ気持ちで応接室に向かった。

それぞれがソファに座る中、アリーシアはドアのところに控えて立った。父親がまた眉を上げたが、もう何年も家族と食事すら共にしておらず、侍女の格好でなければもっとボロボロの身なりで屋敷で下働きをしていたアリーシアである。そしてそれを許可したのは父親だろうと思うと、いまさらアリーシアのことを気にかける意味がわからない。

「ハロルド、あなたが仕事に出かけている間に、ジェニファーに婚約の申し込みがたくさん来ていたのよ。もちろんオリバー様がいるので、すべてお断りするのですけれどもね。あなたが帰ってからと思って待っていたところですの」

父親が話をするはずだったが、まず義母が嬉しそうにデビューの舞踏会の成果を話し出した。しかし父親は興味なさそうに聞き流すと、テーブルに視線を落とし、こう言った。

「ああ、その話だが。ジェニファーとオリバーとの婚約はなくなった」

急な話に、その場にいた誰もが戸惑っている。いや、戸惑ったのはオリバーと父親以外の三人で、唐突すぎて何を言われたのか理解できなかったのだ。やがてその言葉は水面《みなも》に落ちた一枚の葉のように水紋を広げ、それぞれの心に届いた。

「あなた。何をおっしゃってるの？　なくなったって、どういうことですの？」

ハリエットの疑問はもっともである。ジェニファーは何も言えないのか、とにかく必死にオリバーと目を合わせようとしているが、オリバーもテーブルに目を落としており、ジェニファーの思いに気がついた様子はない。

「オリバーのせいではないんだ。ジェニファーに非があるわけでもない」

珍しく父親がジェニファーを思いやるようなことを言ったのでアリーシアは少し驚いた。アリーシアにもジェニファーにも等しく興味がないのだと思っていたからだ。

「それなら、なぜですの？」

ハリエットの声は悲鳴のようだった。

「侯爵家から婚約の申し入れがあった」

「侯爵、家」

バーノン家は子爵家である。格上の伯爵家から申し込みがあるだけでもすごいことだが、侯爵家からの申し込みなど身分差がありすぎる。伯爵家のオリバーでさえ、次男であって自分が爵位を継ぐ立場ではないからこその婚約者だ。だからこの婚約の申し入れは単純には喜べない。

立場の違いをふまえ、なおかつ婚約者のいる子爵家の令嬢に申し込んできたということは、その相手にはよほどの問題があると考えられるからだ。

ハリエットが必死に頭を働かせているのがわかる。ジェニファーに婚約を申し込んでくる年頃の侯爵家の息子を必死に思い出そうとしているのだろう。そしてすぐにはっと顔を上げた。

「まさかあの、眼帯の」

眼帯というのは、ジェニファーの話に出ていたような気がした。ジェニファーも何かに気づいたような顔をして、おそるおそる母親に問いかけた。

「お母様？」

ジェニファーの違いますよねと言う願いを断ち切るかのように、父親がハリエットに頷いた。

「その通りだ。バーノン家のご令嬢を、フェルゼンダイン家の次男、グラントリー・シングレア伯爵の婚約者にとの申し出だ」

「そんな、いやよ！」

ジェニファーが立ち上がった。

「あんな恐ろしい方のところに嫁ぐなんて！　オリバー様！　私は嫌です」

父親に言っても仕方ないと思ったのか、ジェニファーはオリバーに懇願《こんがん》した。オリバーが断ればいいだけのことではないか。

オリバーは目線を上げずに首を横に振った。

「侯爵家と張り合う力はうちにはないんだ。ジェニファーには申し訳ないが」

「そんな……」

オリバーの口から直接聞いて力が抜けたのか、ジェニファーはすとんとソファに座り込んだ。

アリーシアは一連の話をまるで他人ごとのように聞いていたが、何かが腑に落ちず、よくわからない不安がちりちりと背を這う感じがした。父親の言うこともオリバーの言うことも、一見もっともらしく聞こえることは聞こえるのだ。

ハリエットもしばらくうつむいていたが、静かに顔を上げた。

「なぜジェニファーなのです。確かにジェニファーは美しくて、会場でも目立っていたわ。でも、他にデビューしたご令嬢はたくさんいましたし、子爵家の令嬢に限っても適齢期の方は片手の指に余るほどいます。ましてやジェニファーはこの家の跡継ぎです。次女や三女のいる家に申し込めばいいことなのに」

同じように考えていたと認めるのは嫌な気持ちがしたけれど、アリーシアはハリエットの言葉通りだと思った。なぜジェニファーなのかがどうしても腑に落ちなかったのだ。

「ふむ。理由はいくつかある」

ジェニファーが父親のほうを祈るような面持《おもも》ちで見た。納得できる理由ならいいが、そうでない気がした。

「一つ。フェルゼンダイン家は外国との交易ルートを持っている。それがうちの商売と重なるんだ。

うちの商会にはプラスになる」

「そんな商売のために娘を売るような真似は」

「黙れ」

ハリエットの抗議は切り捨てられた。

「二つ。向こうは次男なので跡取りは不要だそうだ。ジェニファーに男子が生まれたら、バーノン家の名を引き継がせることができる。これはオリバーと条件が同じ」

アリーシアも知識としては知っている。高位の貴族は、領地に合わせていくつも爵位を持っていて、息子に引き継がせることができるが、息子に子ができなかったら、その爵位はまた親に戻せばいいだけなのだ。

バーノン子爵家のように、一つしか領地がなく爵位も一つの場合は必死に跡取りを探すこととなる。もしジェニファーに子ができなかったら、誰か遠縁の者に爵位がいくはずだ。

「待ってください。私も会場であの方を見かけましたが、とても婚約者を探しているようではありませんでしたわ。普通は積極的に声をかけて回るものです。ましてやジェニファーに興味があるようなそぶりは見えませんでした」

父親はハリエットの物わかりの悪さを嘆くかのようにかすかに首を横に振った。

「三つ。強制ではない。強制ではないが、間に王家が入っている」

「王、家？」

「あの方の怪我の原因になった事故を知っているか」

「なんとなくは聞いたことはありますが」

ハリエットはそう言うが、アリーシアは貴族としての教育が始まる前に使用人に落ちてしまったので、これらの話はまるでわからなかった。

「フェルゼンダイン家は聖竜を守る家。その聖竜のいるところに友だちを引き連れてお遊びで潜入したのが王女殿下だ。グラントリー殿は、暴れる聖竜から王女をかばう際に怪我を負ったという」

「その王女は今度隣国に嫁ぐことが決まっているはずですわね」

それはアリーシアも慶事として使用人たちの噂で聞いたことがある。まるで別世界のお話だなと思ったものだ。

「その通りだ。自分だけ幸せになるわけにはいかないから、ご自身が嫁ぐ前に、怪我を負わせてしまったフェルゼンダインの次男にもぜひ縁談をとのご厚意だそうだ。これも会場でジェニファーが目立ったおかげだろう」

ハリエットはハッとしてジェニファーのほうを見た。ジェニファーも顔色が悪くなっている。

「私、王女殿下に真っ先に話しかけられたの。他の高位の令嬢もいる中で。失礼にならない程度の受け答えはできたと思うけれど」

「その時にはもう、目をつけられていたんだろうな。私としてはよくやったとしか言いようがないが」

めったにない父親の褒め言葉だが、ジェニファーはまったく嬉しそうではなく、ちらりとオリバーに視線を向けた。王族にも認められた美しさの結果として、慕っているオリバーとの婚約がなくなってしまうのは、ジェニファーにとっては不本意なことであるのに違いなかった。

父親は肩をすくめた。

「うちが断れば、他の家に打診がいくだろう」

「それならば！」

断ることができるのであればという希望がハリエットからもジェニファーからも感じられた。

「なぜ断る。うちには利が多い。ジェニファーにしても、裕福な伯爵家に嫁ぐことができるのだぞ。ハリエット。爵位が大好きなお前にも嬉しい話だろう」

心底不思議そうな父親に、ハリエットは唇を噛み、ジェニファーは途方に暮れたような顔をした。

「ジェニファーはずっとオリバー様と一緒になると信じてきたのです。いまさら他の人にしろと言うのは、この年の娘には酷なことです」

ハリエットが代弁したが、アリーシアは父親と同じことを思った。あれだけアリーシアの母親を下賤の者と蔑んでいたのだから、ハリエットにとっては身分が何よりも大切ではないのだろうか。

「オリバー様はどうなるのですか」

ジェニファーが問いかける。確かに、婿入りのような形で子爵家に入る予定だったのだから、ジェニファーとの縁談がなくなったら、オリバーはどうするのか。

そこまで考えて、アリーシアはぞっとする。さっきから背中を這いずっている不安の正体がわかった気がした。まさか。

「うちにはもう一人娘がいる」

「あなた！」

ハリエットが悲鳴のような声を上げた。

「オリバーはずっと商会の仕事を学んできたんだ。その時間を無駄にするわけにはいかないだろう」

ジェニファーだってずっとオリバーに嫁ぐ日を夢見て、自分なりに努力してきたのだ。アリーシアはジェニファーのことは大嫌いだが、その時間を無駄にすることについてはどうでもいいのかと父親の思いやりのなさに悲しみを隠せなかった。

「アリーシア。そんな格好は今日でやめて、明日からきちんと貴族令嬢の振る舞いを学べ」

アリーシアは首を横に振った。オリバーの元に嫁ぐなど絶対に嫌だ。ハリエットが憎々しげにアリーシアをにらむが、かまってなどいられない。

「私には貴族の生活は無理です」

「できていたではないか。セシリアのあの家では」

父親には、母との思い出のあの家のことを語るなと言いたかった。いつでもしとやかな振る舞いをと母に教えてもらい、母と二人で父親の訪れを楽しみに待ったあの日々のことを。

「もうあの家はありません。このお屋敷には貴族の振る舞いを教えてくれる人もいません」

家庭教師の話ではない。父、義母、義姉、誰一人も貴族としての振る舞いができているようには思えない。貴族どころか、人としての振る舞いさえできていない。意図しない皮肉にハリエットの顔がゆがむのが見えた。

「バーノン家の娘として生まれたからには、家の役に立て。それが貴族というものだ」

父親とオリバーは言うことを言ったからか、席を立った。

「オリバー様！」

思わずジェニファーが引き留めたが、それも仕方がないことだろう。オリバーはどうでもいいというような顔をしていたのに、ジェニファーに呼び止められた途端悲しい顔を作った。そう感じ取ったアリーシアはますますオリバーが嫌になる。

「ジェニファー。君は僕より高位の貴族になるんだ。僕も寂しいけれど、君の幸せを祈っているよ」

既に自分は思い切ったのだと、ジェニファーをあっさりと切り捨てる言葉をオリバーは残しただけだった。部屋を出ていく二人のすぐ後にアリーシアも続いた。義母と義姉と同じ部屋にいたら何をされるかわかったものではない。それに、アリーシアだって今の話をそのまま受け入れるわけにはいかなかった。

「お父様！」

久しぶりに呼びかけたアリーシアの声に、父親は立ち止まった。

「無理です。私は成人したら家を出るつもりです」

「それは許されない」

「なぜ？　私はずっといらない子どもだったでしょう」

母が亡くなったあの時から、父にとって私はいらない子になった。この家に来てよかったことなど何一つない。だが、アリーシアの血を吐くような叫びにも父親は眉をひそめただけだった。

「セシリアはお前を頼むと言った」

最後の母の言葉だ。覚えていたとは思わなかったアリーシアは、逆に怒りで体が震える思いだった。その言葉を聞いていたのなら、なぜ今まで放っておいたのだ。

「今まで一つもかまわなかったくせに！　私のことを少しでも思うなら、この家から自由にさせてください！」

「駄目だ。お前はオリバーに嫁げ」

嫌だという前に、オリバーがそっとアリーシアの手を取った。

「アリーシア。いつかこんな日が来ると思っていた。きっと僕が幸せにするから」

振り払おうとした手は思いがけず強い力で押さえ込まれた。アリーシアは身震いした。

「オリバー。もう一仕事しないと」

「ええ」

父親の声に名残惜しげにオリバーが手を離すと、二人は玄関のほうに消え、やがて屋敷を出た気配がした。

「逃げないと」

あと四ヶ月など待っていられない。今すぐにこの家を出ないと。

皆が寝静まった頃、母親からもらった北の国の本と着替えだけを持ってそっと部屋から出ようとしたアリーシアの顔は絶望に染まった。部屋の前には、見張りがいた。

「家から出すなという、旦那様の言いつけです」

逃げるという選択肢も失われてしまったアリーシアには、静かな諦めだけが残った。

第三章　空が見えた日

　ジェニファーが侯爵家の次男に嫁ぎ伯爵夫人となるという知らせは、屋敷の使用人には好意的に受け止められた。

「オリバー様はいいお人さ。だけど、しょせん伯爵家の次男で、爵位もない。お嬢様だってそりゃあ、爵位の高い人のほうがいいに決まってる」

「ああ、なんでも王家のお声がかりだそうだよ」

　はたから見たら、より裕福で爵位の高いところに嫁ぐのだから、むしろ運がいいと思われて当然だろう。しかも、王家に認められているという。その話題の華やかさに紛れて、アリーシアが使用人から娘へと扱いが変わったことは、あまり取りざたされなかった。

「使用人みたいな娘を急にあてがわれて、オリバー様もお気の毒に」

　と、オリバーをかわいそうだとする声がひそひそと聞こえてきたくらいだ。もともとアリーシアのことは、使用人の間ではあまりかかわらないほうがいい厄介者のような扱いだった。かわいそうに思う人もいただろう。だが下手にかばいだてをしたら、自分の職が危うくなる。かといってこの家の娘であることは確かだから、調子に乗って虐《しいた》げたりすれば、後になってどんなしっぺ返しを食らうかわからない。それなら近寄らないに限る。

　だが、そこまで賢くないものはいて、それがジェニファー付きの侍女たちだった。あまりにもジェニファーの近くにいすぎて感覚が麻痺《まひ》していたのかもしれない。短い間だけでも同じ仕事をし、ジェニファーに虐げられていたのを見て、自分たちも同じことをしていいと勘違いしていたのだろう。

アリーシアがオリバーに嫁ぐ以上、もはや同じ侍女という立場ではなく、自分たちは仕える側に変わったのだとわかっても謝罪もせず、今までのことはまるでなかったかのように振る舞う侍女たちに、アリーシアは笑いさえ出なかった。

ジェニファーのことにしてもそうだ。慶事に沸き立つ屋敷内とは対照的に、ジェニファーの落ち込みはひどく、しばらく部屋から出られないほどだというのに、使用人の誰一人としてジェニファーの悲しい気持ちを汲み取ろうとしない。ジェニファー専属の侍女たちでさえそうだ。

ジェニファーへの思いがけない婚約の申し込みは、バーノン家のいびつさをあらわにしたようにアリーシアには思えた。思いやりを持つことも、理解し合おうとすることもない。

婚約を申し込んできた侯爵家の次男とは、すぐにでも顔合わせをという話になったが、ジェニファーの体調が落ち着くまでということで延期された。だがアリーシアにとってはそれは安息の期間ではない。

「その間、あなたには貴族の振る舞いを身につけてもらいます。付け焼き刃でもないよりはましでしょう」

ハリエットはアリーシアの前に厳しい顔をして立っていた。アリーシアはこの人の笑顔を見たことがないような気がする。お母様はいつでも明るく優しい顔をしていたというのに。

「オリバー様に嫁ぐとはいえ、お前はしょせんバーノン商会のためのコマに過ぎません。結局はバーノン家もバーノン商会もジェニファーの子に継がせることになるのだし、あなたは爵位を持たない商家、つまり平民の身分ということになるのだから、教育などしてやる義理はないわ。ですが今後どうしても身内で顔を合わせることもあるでしょう。せいぜい伯爵夫人となるジェニファーに恥をかかせないことね」

義母は今回のことをこのように思うことでなんとかプライドを保ったらしい。あなたが平民だと貶めているのは私ではなくオリバーで、そこに嫁ぐのはあなたの娘のはずでしたよと言いたい気持ちをアリーシアは呑《の》み込んだ。ちなみに爵位がなくてもオリバーは貴族のままだ。そして庶子とはいえ、戸籍がある以上、なりたくなくてもアリーシアも貴族なのだ。

この三年、どんなに虐げられても、アリーシアの少しばかりの反抗心は抜けはしないのだった。それがなかったら悔しいと思わずに済むのにと何度思ったことか。

アリーシアの反抗的な目に義母は扇を振り上げたが、それを下ろすことはなくイライラと去っていった。跡をつけたくなかったのだろうなと思うが、もう遅いということを義母は知らない。最初に木の枝で打たれた頬の傷こそ薄い線になって目立たなくなったが、腕には無数の傷跡が残っている。見たことはなかったが、背中もきっとそうだろうと思う。それでも叩かれなくなったのはありがたかった。

すぐに始まった貴族の振る舞いの勉強とやらは、案外難しくなかった。ジェニファーにも付いていたマナーの講師は、事情を聞いていたのかこの間まで侍女としてそこにいたアリーシアを素直に受け入れてくれた。それどころか、授業が終わると満足そうな様子である。

「うつむきがちなので姿勢さえ気をつければ、お茶も食事のマナーもほとんど完璧ですわ」

最初こそ戸惑ったが、アリーシアは二年前までに一通りのことは身につけていたらしい。むしろこの二年間、ジェニファーはいったい何を勉強していたのかと思う。ただつらいことが一つだけあった。それは、ドレスに慣れるためと言われて毎日コルセットを締めさせられることだ。

この間まで同僚だった二人の侍女は、しばらくの間はジェニファーとアリーシア両方につくことになった。したがって、アリーシアの身支度も意地悪な侍女たちが行うことになる。アリーシアがコルセットが苦手だと気づいた侍女たちは、ここぞとばかりそれを利用したのだ。

「きつすぎるわ。もう少し普通にお願い」

「お嬢様はコルセットを締めたことがないから知らないだけで、これが普通ですのよ」

いくらアリーシアがお願いしても、毎回コルセットの紐《ひも》をぎゅうぎゅうに締め上げるので、苦しくて勉強どころではないこともある。しかも義母の嫌味攻撃を受け流すのに精一杯で、ジェニファーが何とか状況を受け入れて閉じこもった部屋から出てくるまでは、結局は疲れ果てて一日を終える日々が続いた。

落ち込んでいても日々はすぎる。やがて二週間もすれば、ジェニファーも立ち直り、アリーシアの淑女教育を見に来るようになった。自分の準備を優先すればいいのにと思うが、とにかく侯爵家の次男とは、顔合わせをするまでは何をどう準備していいのかわからないのだと聞かされた。聞きたくもないのに。

「せっかくお姉様がいらしているのだから、お茶に付き合っていただきましょう。なによりのお手本になりますもの」

マナー講師は今まで教えていたジェニファーの参加に嬉しそうな顔を隠さない。

一通り身についていると褒められたとはいえ、アリーシアのマナーはさびついたままぎこちない。ジェニファーが見ているとあってはなおさらだ。それでも講師はにこやかに褒めてくれる。

「幼い頃から自然に身についているように思われますね」

「その子の母親は下賤の者よ。そんなわけないわ」

口元をゆがめて吐き捨てるジェニファーからは調子が戻ってきたことがうかがえたが、それはなによりなんてアリーシアは思わない。ジェニファーがやっと外に出てきた分、ハリエットがいなくなったのがいくらかましというだけだ。

幼い頃から自然に身についていると言われても、アリーシアには特に心当たりはない。いつもきれいで優しい母親と、温かく楽しい日々を過ごしていただけだ。アリーシアはお母様の優しい声を思い出した。

「そんなに急いでもご飯はなくなりはしないわ、小さく切って、ゆっくりいただきましょ」

お腹がすいてもどかしくても、母親に合わせてゆっくりと食事を口に運ぶ。お父様が来なくなって、ご飯が十分にない時でも、ゆっくりした食事は変わらなかったなと、ジェニファーと向かい合わせのお茶の席でアリーシアは懐かしく思う。やっと手に入れた黒パンを小さくちぎろうとするとボロボロになってしまって、二人で困り果てたものだ。思わず口元がぎこちない笑みの形を作った。

「なによ。何かおかしいことでもあるっていうの？」

すかさずジェニファーの意地悪な声が飛ぶ。アリーシアに楽しいことは一つも許されないらしい。

アリーシアは笑みを引っ込め、静かな声で答えた。

「いえ、幼い頃のことを思い出していただけです」

「お前の下賤な母親は」

そこで講師のパンッという手を叩く音がした。

「事情はうかがってはおりますが。不愉快な言葉を使うのは控えましょう。茶会や食事の時は、事情があっても呑み込んで、お互いに楽しい会話を心がけることが大切です。それがマナーというものですわ」

よいお勉強になりましたねという講師の声に何も答えず、ジェニファーは憎々しげにテーブルにナプキンを叩きつけると、部屋を出ていった。

この講師は今日限りねとアリーシアが思った通りの結果になった。

「よく考えたら、お前に教育をする必要などないわ。必要ならオリバー様がやるでしょう」

顔合わせを控えたジェニファーにかかりきりになったこともあり、アリーシアは何着かわざと似合わない服を仕立てられたほかは放っておかれることになった。

「成人したら家を出るなんて、あの時言わなければよかった」

衝動的に父の後を追いかけたあの時のことを後悔しても遅かった。服の仕立ての時に逃げ出そうと思っても、仕立てが家に来るほどで、あれから一歩も外に出してもらえない。

「私はこの家ではいらない子だったでしょう。ずっといらない子だったのに、なぜ今になって」

いくら考えても答えの出ない問いが、頭の中でぐるぐると回る。

唯一の救いは、ジェニファーに配慮してオリバーも出入りできないことだ。何やらアリーシア宛に贈り物が届いたようだが、

「ジェニファーが嫁いだ後にして。無神経な」

と、ハリエットが叩き返したと侍女が訳知り顔で言っていた。贈り物などいらない。欲しいのは自由だけなのに。


そして婚約の申し入れから一ヶ月後、初めての顔合わせの日が来た。

アリーシアに用意されたのは、この日のためにと念入りに地味に仕立てられたドレスだ。

「間違ってもこの子を美しく見せようなどと思わないで」

仕立ての人たちはわざわざ呼びつけられてまで似合わない服を作ることに戸惑いを隠せなかったようだが、そこは無難に、いかにも高齢の女性が着そうな色とデザインでハリエットを満足させた。

「どんな色でもデザインでも、きれいな人が着れば映えるものです。お嬢さん、心配せずとも美しいですよ」

帰り際にそっとささやいていったのは、あまりにもアリーシアが哀れだと思ったからなのだろう。

だがアリーシアはそれを拒むかのように胸の前でぎゅっと手を握った。

オリバーと初めて顔を合わせた日を思い出す。きれいにしてもらったからオリバーに目をつけら

れてしまったのだ。あの時から、アリーシアは、きれいと言われて喜ぶ気持ちは心の中に閉じ込めてしまった。

作ってもらったドレスに着替えるのに、侍女によっていつも以上にぎゅうぎゅうとコルセットが締められていく。まるですべてのストレスをそこに込めるかのようだった。

「あなたがいなかったら、ジェニファーお嬢様が苦しむことはなかったし、私たちも八つ当たりされることもなかったのよ」

アリーシアの告げ口など誰も聞く人がいないことをわかっていて、わざとこういうことをする侍女は、本当にこのゆがんだバーノン家にふさわしいと言えた。アリーシアは苦しく浅い息で、なんとか今日一日を乗り切ろうと心に誓った。

伯爵の訪れを玄関ホールで待つ間も、アリーシアは脂汗を浮かべていた。

「アリーシア、あなた、どうかしたの」

あまりに顔色が悪いのでハリエットにすら聞かれたほどだ。アリーシアもこれほどつらいとは思わず、つい弱音を吐いた。

「あの、コルセットがきつくて」

「まあ、はしたない」

男性のいるところで下着の名前を口に出すのははしたない。それはアリーシアも理解はしているのだが、さすがにつらすぎた。

「仕方がないわね。いくらあなたが庶子でも、顔合わせしないわけにはいかないのよ。少し遅れてもいいから、急いで緩《ゆる》めてきて。メイジー！」

メイジーというのはハリエットの侍女だ。そしてこの一言で、なぜこういう状況になったのかアリーシアは理解した。遅れさせて不作法だと思わせるために、ハリエットが侍女にわざとやらせたのにちがいない。もしかしたら今までのコルセットのこともそうかもしれなかった。

だが、コルセットを緩めに行く間もなく、伯爵の訪れが告げられた。本来なら家の外で迎えるべきところだが、雪はほとんど降らない国とはいえ、春には程遠い二月の寒さである。屋敷の中で待っていてもらいたいと連絡が来ていた。

ゆっくり開けられた扉の向こうから、家令に伴われてジェニファーの婚約者が現れた。黒ずくめの格好で、ゆったりと歩を進めるその姿には若いながらも威厳と落ち着きが感じられる。家令が帽子とコートを受け取ると、並んで待っていた使用人が息を呑む気配がした。

「グラントリー・シングレア伯爵がいらっしゃいました」

隣のジェニファーがほんの少し後ろに下がった。ああ、そういえば傷があって眼帯をつけているとジェニファーが言っていたとアリーシアはふらふらする頭で思う。全く興味がなかったので、今まで思い出しもしなかったのだ。

若い伯爵はまず父親のハロルドと握手を交わす。

「このたびは急な話を受けていただいて感謝します」

落ち着いた低い声だ。

「こちらこそ、子爵家には望外の縁談であると感謝しております。それでは改めて娘を紹介しましょう」

父親に促され向きを変えた伯爵の顔を初めてまともに目にしたアリーシアの口から思わず声がこぼれ出た。

「若……」

幸いなことに、誰にも聞きとがめられなかったようだ。なぜここに飛竜便の若様がという驚きは、マナーの講師からわずかな期間で教わったこの国の仕組みを思い出すと同時に消え去った。この国は聖竜をあがめる国。フェルゼンダイン侯爵家は、代々聖竜を後見する役割をしている。つまり竜のお世話係ということである。その侯爵家の次男がグラントリー。独立してシングレア伯爵の名をもらっている。

なぜその次男が竜を使った商売をしているのかまでは教わらなかったが、前に聞いた使用人の話から、子竜を救ったのがジェニファーの婚約者で、その婚約者が飛竜便の若様だということまではアリーシアの中でつながった。

アリーシアが頭を働かせている間にも、グラントリーは眼帯で隠れていないほうの青い目で射抜くようにジェニファーを見ており、その姿から目を離さない。アリーシアはその様子を見て、初めてオリバーが訪れた時のことを思い出した。あの時は、オリバーはまっすぐにアリーシアのほうに向かってきたのだった。周りにはこんなふうに見えていたのかしらと、アリーシアは不思議な思いで二人に目をやる。

ジェニファーはグラントリーの強い視線を受けて一歩、二歩と後ろに下がり、使用人にぶつかって止まった。その体は細かく震えていた。

「ジェニファー」

小さく叱責するようなハリエットの声が聞こえる。アリーシアはジェニファーに怖がらないでと言いたい気持ちでいっぱいだった。この人は困っている人に仕事をくれる親切な人なのだと、まだ小さかったアリーシアに、外国の飴を惜しげもなくくれるような温かい人なのだと教えてあげたかった。

グラントリーはようやっと口を開いた。

「あなたが私のお相手か」

「ひっ」

蒼白な顔のジェニファーがかすかに頭を左右に振った。

「ジェニファー！」

今度ははっきりとした叱責が父親から飛んだ。

「なにぶん社交界に出たてなもので、あまり男性に慣れていないのですわ。お許しを」

義母のハリエットがジェニファーをかばうように肩を抱く。

本来ここでジェニファーが左手を差し出すところなのだが、とにかくまともにグラントリーの顔を見られず、震えているのではそれどころではない。

グラントリーはこのような反応に慣れているのか表情を変えずに少し首を傾げると、まるでなにかを試すかのようにジェニファーのほうにすっと右手を差し出した。

「いやっ！」

淑女教育とは何だったのか。ジェニファーは小さな拒否の声を上げるとおろおろするハリエットに抱き着いた。

「これはいささか」

「申し訳ない、グラントリー殿。ハリエット。甘やかしすぎだぞ」

父親が今度は義母を叱責する。

「いや、かまわない。私はこんななりです」

グラントリーは眼帯に手をやった。

「年若いお嬢さんに怖がられるのは慣れています。だが、婚約者としてこれでは少々困るな」

本当に慣れているのか穏やかな声だが、この縁談は無理だろうという気持ちが伝わってくる言葉だった。ジェニファーはどうするのか、これからいったいどうなるのかと張り詰めるような空気が玄関ホールに流れている中で、不意にグラントリーが体の向きを変えた。

「ところで君」

気がつくとアリーシアはいつの間にかグラントリーと目を合わせていた。ジェニファーに向けた目を厳しいと思った。だがいざ目を合わせてみると、いつか見た空の瞳はそのままだった。

「さっきからフラフラして顔色が悪いが、大丈夫か」

アリーシアのことなどまったく見もしなかったのに、具合の悪さに気がついていたことに驚いたが、アリーシアは慌てて首を横に振った。こんなところで迷惑をかけたら、またハリエットとジェニファーに叱られてしまう。

「大丈夫です。あ」

しかし少し激しく頭を振ったせいか、急に体が冷たくなり、視界がぼんやりとしたと思ったら、ぐらりと体が傾いた。

「アリーシア、何をしている！」

アリーシアにも父親の声が飛んだが、自分ではどうしようもない。しかしアリーシアの体は、床に崩れ落ちる前にがっしりとした何かに抱き取られた。

「誰か、このお嬢さんに手当てを！」

グラントリーの声に、やはり親切な人なのだとジェニファーに言ってあげたかったが、アリーシアの意識はそのまま遠のいた。


グラントリーが声をかけても、屋敷の者は固まって誰も動かない。どうやら子爵夫妻のほうをうかがっているようだが、父親でさえ手を貸そうともしない。母親はと言えば、倒れてもいない姉を心配そうに抱きかかえているだけだ。

社交は好まないグラントリーでさえわかる。この娘は最初からふらふらしていて顔色が悪く、恐ろしいまでにウエストが細かったではないか。チッと舌打ちすると、グラントリーは怒りを隠し、なるべく落ち着いた声を出そうと努力した。

「はっきり言わないとわからないのか。初めて社交に出るお嬢さんにありがちなことだ。どう見てもコルセットの締めすぎだろう。誰か緩めてやってくれ」

グラントリーとて、女性の下着の名前を口に出すのが礼儀から外れているのはわかっている。だがそこまではっきり言わないとこの屋敷の人には通じない気がしたのだ。そうまでしても誰も動こうともせず、その間にも娘の顔はどんどん白くなっていく。

「失礼」

グラントリーは内ポケットからナイフを取り出した。

「ひいっ」

ジェニファーがそれを見てついに逃げ出した。貴族ともあろうものがナイフをご婦人に向けるわけなどなかろうとあきれた気持ちになりながらも、逃げた娘など気にも留めずに、グラントリーは手の中の娘をうつぶせに抱え直すとドレスの背中側をナイフで一気に切り裂いた。女性のドレスの仕組みなど知らないのだから、手っ取り早くこうするしかない。ドレスなど買い直せば済むことだ。だが現れた肌を見てグラントリーは眉をひそめた。

「ひどいことを」

思わず口から漏《も》れたが、そのまま今度は肌を傷つけないように慎重にコルセットの紐にナイフを入れていく。プチプチと紐が切れてやっと手の中の娘が一つ、大きな息を吸って吐いた。

「コートを」

家令が慌てて預かったコートを持って駆け付けると、グラントリーはそれを娘の肌を隠すようにそっと巻き付けた。

グラントリーはこの先どうしたものかと内心頭を抱えた。こんな面倒なことになるとは思わなかった。

婚約者になるはずの人は震えて怯《おび》えるばかり。倒れた娘の面倒は姉どころか家族の誰もみようとせず、非常時とはいえグラントリーが人前で娘の肌をあらわにする羽目になってしまった。

王家の計らいだから仕方なくやってきたが、この婚約は無理だろうとグラントリーは思った。もともと結婚するつもりなどなかったものを、余計なことばかりする王女がおせっかいにも口を出すから、いちおうその顔を立てるつもりだった。誰と結婚しても同じだからだ。

子爵家の娘には興味などなかったし、デビューしたらしい若い娘など一人も目には入っていなかった。ただし、この婚約の話が来た時、バーノン子爵家が外国との取引をしているという点には目が留まった。領地の経営にしか興味がない貴族は頭が固く保守的だが、商売にも手を伸ばしているとなると柔軟性があるということになる。自分も商売をしているグラントリーは、バーノン子爵家のそこに心が動いた。

だが、婚約者に怯えて逃げるようでは形だけの結婚にすらなりえない。妻というものには興味はないが、不幸にしたいわけでもない。

それにしても、とグラントリーは娘に目を落とした。この娘がバーノン家の者だったということには驚いていた。二度、目にしただけだが、商会に小さい娘がいることがまず珍しく、外国語の翻訳ができ、ライナーが雇いたいと思っていることに驚き、そしてその瞳の鮮やかさが印象に残っている。一目であの時の娘だとわかった。

少々流行おくれだが貴族らしい服を着ていても、やせ細っているのは変わらないなと観察していたら倒れてしまった。数ヶ月前一度来たきり音沙汰がないとライナーが嘆いていたが、貴族の家にいるのならなぜ、働きに出ようとしているのか。

そこまで自問して、グラントリーは巻き付けたコートにそっと手を当てた。そこには娘の背中がある。そしてその背中こそが、働きたい理由なのだろうと答えが出た。

背中のコルセットで隠されていないところには、いたましいことに無数の傷跡が残っていた。

だが自分には関係がないことだと頭を横に振る。ライナーにだけはこの娘がここにいたことを教えておこうと思った。おそらく、働きには来られないだろうということも。外国語に堪能な従業員は少ない。それだけは惜しいような気がしたが。

グラントリーはそこまで時間がたっても誰も娘を引き取りに来ないことに苛立ち、顔を上げた。娘を寒い床に横たえるわけにはいかない。仕方がなく横抱きに持ち上げて、その軽さに驚いた。その時点でも娘を受け取りに来たのは先ほどの家令のみであった。グラントリーは娘をそっと手渡す。

「相当苦しかったことだろう。ゆっくり休ませてやってくれ。ああ、コートはそのままでいい」

そして肩をすくめた。

「どうやら、この縁談は無理のようですね」

グラントリーにとっては、縁談がうまくいかないことよりも、面倒ごとがなくなってほっとした気持ちが強い。この顔にしてもたかが傷だろうと思うが、貴族の娘は傷のある顔をどういうわけか怖がる。仕方なく眼帯をしているが、そうするともっと怖がる。原因となった王女ですらグラントリーの顔をまともに見ようとしなくなった。

グラントリーから逃げ出した娘も貴族としてのしつけがなっていないとは思ったが、倒れた娘を心配すらしないバーノン子爵にもあきれていた。よく考えると、商売という共通項があるのだから、縁があればどこかで既に交わっていたはずなのだ。それがなかったということは、つまり自分とは商売のやり方が違うということになる。それならまして利などない。

しかし子爵からは意外な言葉が返って来た。

「いや、無理ではありません」

「しかし、私を怖がって逃げていく婚約者など困りますが」

どうやら姉のほうにとってもいい父親ではなさそうな子爵が無理を押し通そうとしている。グラントリーは無理だろうとはっきり言ったつもりだった。だが顔色の悪くなった子爵の言葉は意外なものだった。

「王家からの申し出は、バーノン家の令嬢をということでした」

「あなた！　まさか！」

金髪の娘を甘やかすだけだった母親が悲鳴のような声を上げた。

「娘はもう一人いる。あなたが介抱し、その肌を見た娘だ」

「あなた！」

グラントリーは即座に断ろうとした。なにより倒れた娘に手当ても何もしなかったのに、その娘を助けたこちらを脅迫するようなそのやり口に、一瞬頭が沸騰するかと思うほど腹が立った。

だが。

グラントリーが澄んだ緑の目を思い浮かべると、怒りは急速に引いていった。自分に対する媚《こび》も恐れも何もない、ただ思いがけない場所で知り合いに会えた驚きを浮かべただけの瞳を。もう少し幼かった頃は、その瞳に竜に会えた喜びを浮かべ、服から出た細い手が握りしめた飴は、たった数個なのに手からはみ出しそうだったことをなぜか覚えていた。グラントリーの手には、相変わらず細かったその体の軽さだけがまだ残っている。

グラントリーが求めているのは、どうせ形だけの妻だ。親が差し出すというのなら、もらってもいいのではないか。少なくともあの娘なら、グラントリーを見ても目に恐怖が浮かぶことはないだろう。

「いいでしょう。どうやらそちらにはいらない娘のようだし」

その言葉に母親のほうがたじろいだ。いらない娘という真実と、それを見抜かれてしまったことと、どちらにも衝撃を受けたのだろう。グラントリーは子爵に向かってはっきりと宣言することにした。この話を受けるにしても、バーノン子爵の一方的な勝ちには終わらせないつもりだ。娘をいつまでも自分の手ごまのように思われては困る。

「ただし、こちらに押し付けるからには、今後娘のことには一切口出ししないでもらいたい」

グラントリーは、バーノン子爵の顔に浮かぶ表情を黙って見つめた。

子爵にとって一番いいのはジェニファーと呼ばれていた姉のほうがグラントリーに嫁ぎ、商売でも縁がつながること。

一番まずいのは、王家からあっせんされたこの縁談そのものが消えてしまうこと。

姉のほうが逃げてしまった今、とっさに庶子である妹を嫁がせる選択肢を出したものの、その場合、商売の縁がつながらなくなる可能性がある。ただし、娘が伯爵家に縁付いたという箔《はく》は付く。

娘をどう使えばより利が多くなるか。

そんなことを一生懸命考えているのだろうと冷静に見つめた。

バーノン子爵が顔を上げた。グラントリーに嫁がせる以上の縁談はないと判断したのだろう。

「了承《りょうしょう》した。下の娘を、あなたに。グラントリー殿。どうか」

どうかなんだというのだろう。どう考えても今まで冷遇していただろうに。

「少なくとも、叩かれることも、飢えることもないことは保証します。ところで」

チクリと皮肉を言ったグラントリーは肩をすくめた。

「彼女の名前を、教えていただけますか」

名前さえ知らない婚約者を、グラントリーはこうしてもらい受けることになった。

107 竜使の花嫁
～新緑の乙女は聖竜の守護者に愛される～

第四章　たった二つの大切なこと

アリーシアは寒さで目が覚めた。オリバーのところに嫁ぐことが決まるまでは、狭い自分の部屋に、薄くて短い服にやはり薄い布団しかなかったから、寒さで目が覚めることなど当たり前だった。だが、その寒さと違うような気がして体を起こすと、アリーシアの体から重いコートのようなものが落ちた。同時に背中に直接風が当たったような気がして身じろぐと、ドレスが肩からはらりと落ち、思わず身をすくめた。

一体何が起きたのかと焦ると同時に昨日の出来事を思い出す。

アリーシアはコルセットで締められる苦しさのあまり、倒れてしまったのだ。早朝のかすかな光の中でベッドに起き上がった状態で自分を確認すると、コルセットは緩められていた。というより今にも外れそうだ。そして自分を覆っていたこの黒いコートはなんだろう。

そっと持ち上げてみると、頭の片隅にある昨日の記憶が刺激された。

「若、が着ていたような気がする。なぜそれが」

深く考えると、切り裂かれたドレスや脱げかけのコルセット、そして自分が倒れたことを結び合わせて嫌な予感がするので、とりあえず考えるのをやめた。母親が亡くなってから、いろいろなことがあったけれど、何かが起きたからといってそれで生きていくのが楽になったことなど一度もない。いつだって次の日は前の日より悪くなる。

だからきっとこのコートも、切り裂かれたような服も、また新たな不幸の始まりなのだろうと思うのだ。アリーシアは急いで着替えた後、せめてコートにしわを付けたと叱られないように、丁寧にたたんでベッドの上に置いた。そしてまだ誰も起きない邸内の気配を探る。

アリーシアはこの朝の時間が好きだった。一人で物音に耳を傾けると、台所で朝食の用意の音がし始める。小さかった頃はよく母親と一緒に、年だからとゆっくりしか動けないばあやを助けて食事を作り、掃除をしたものだ。その幸せの記憶がよみがえるような気がするからだ。

しかし、今朝は音がなかなかし始めない。

「もしかして、いつもより早く起きてしまったのかな」

アリーシアがドアを音を立てないように開けると、廊下には誰もおらず、屋敷の中は静まり返っている。アリーシアはドアを閉めると、ドキドキする胸を押さえながら閉めたドアに寄りかかった。

このところ、常に誰かがいてアリーシアは一歩も外に出られていない。

でも今なら？　玄関は無理だけれど、出入りの商人が出入りする勝手口からなら、外に出られるかもしれない。

外に出たとしても、お金も行くところもない。でもこれを逃したら本当に逃げられないと思ったら、思い切って試してみたくなった。

ハンカチで音がしないように縛《しば》ってある銀貨五枚だけをポケットにいれて、小さくてきつい冬の上着を無理やり着込む。オリバーとの婚約が決まってから、普段着は作ってもらったが、外に出る必要はないので上着までは作ってもらえなかったのだ。

それでもないよりはましだ。アリーシアは部屋からそっと滑り出ると、思っていた通りそのまま屋敷から出ることに成功した。

早朝とはいえ、配達の馬車が行き来し、朝早くの仕事に出かける労働者たちが足早に道を行きかう。アリーシアはそれに紛れて歩き出した。何も考えずに出てきてしまったけれど、向かう先は一つしかない。

そのまま飛竜便の事務所に行きたかったが、行ってはいけないことも理解していた。オリバーとの望まない婚約が決まり、逃げ出そうとして阻止《そし》されたあの日から、飛竜便の事務所で働くことを何度夢見たことだろう。だが、庶子とはいえ、逃げ出した貴族の娘を働かせていたことがばれたら、飛竜便の事務所に迷惑がかかる。

それがわかっていて、ただ逃げ出したいという一心で出てきたアリーシアの足が向かうところなど一つしかなかった。

幸せだった場所へ、お母様と暮らしていた場所へ。

この前背中の痛みをこらえて歩いた道を、道路の石を数えながら進む。やがて最後の十字路を右に曲がると、白い木の柵に囲まれたアリーシアの暮らしていた家が見えてきた。思わず立ち止まると、家から若い男性が出てきた。

アリーシアは思わず口元を押さえる。そうだ、ずっと空き家のままなわけがない。母が亡くなった時、この家は売りに出すと父が言っていたではないか。アリーシアもアリーシアの母親もいなくても、世の中は何も問題なく回っていく。

「おとうさま、いってらっしゃい」

母親に抱かれた小さな女の子が玄関先から男性に手を振った。せめて、この家が新しい幸せに包まれていてよかったと思おう。玄関から目をそらし、最後にと小さな家を目に焼き付ける。踵を返そうとした時、アリーシアの手を何かがつかんだ。

「おねえちゃん」

「え?」

足元には先ほど見た女の子が息を切らして立っていた。

「なんでないてるの?」

「え、私」

ぱちりと瞬《まばた》きをすると、涙が一滴地面に落ちた。

「おねえちゃん、なにかがいたいっておかおをしていたから、おかあさまにこれ、もらってきたの」

女の子はアリーシアの手にきれいに包まれた飴を一つ握らせた。見覚えのある包み紙に思わず放り投げそうになったそれを、アリーシアはギュッと握り込んで、無理に笑顔を浮かべた。

「ありがとう」

「りゅうのおにいちゃんからもらったの。おいしいのよ」

そう言うと女の子は少し離れたところに心配そうに立つ母親のもとに駆けていった。

母親にぺこりと頭を下げて、アリーシアは今度こそ踵を返した。少し歩いてさっきの角を曲がると、父親がいつも馬車を降りていた場所だ。そんなことくらいで人目が忍べるわけがないのに。

「アリーシア」

「お父様」

そんな気がしていた。まさか父親本人が来るとは思わなかったが、オリバーとの婚約が決まっている以上、いないのがわかったら誰かが探しに来るだろうとは思っていた。それでもつかの間の自由を味わいたかったのだ。

お父様の少し後ろに控えていた家令が一歩前に出てくると、何か言いたげに帽子をとってアリーシアに頭を下げた。

「奥様に送金を止められて、どうしても持って来られなかったんです。最後にあの家を片付けた時、何一つ金目のものが残っておらず、あなたが働いてなんとかパンを買っていたと聞いて私は……」

もう三年以上も前のことになる。いまさらそんなことを言われても、アリーシアにどうしてほしいというのか。父親も頭こそ下げなかったが、何かに耐えるように体の横でこぶしを作っている。

「あの時は私も頭に血が上っていた。お前がなんとかセシリアを生かしてくれていたのだと、後から知った」

知ったからどうだというのだろうか。アリーシアは冷めた目で父親と家令を見た。たった今知ったわけでもあるまいに、知ってから三年間、何かひとつでもアリーシアのためにしてくれたことがあっただろうか。

「だから、許せと。そう言いたいのですか」

家令は頭を下げたままだったが父親は当然のように頷いた。

「ああ。もう済んだことだ。お前は嫁ぐことになる。もう終わりにしなさい」

アリーシアは静かに絶望した。何を終わりにするのだろうか。

アリーシアはそもそもずっと何もせずに、ただ耐えていたではないか。何かをしていたのは、父親であり義母であり、義姉である。

アリーシアは握り締めていた手を開くと、もらった飴をぽとりと地面に落とした。

お母様に食べさせたかった。お母様の最後はお父様が独占していたから、この飴を手に握らせてもあげられなかった。甘いものもかわいいものも大好きだった母はきっと微笑んでくれたことだろう。アリーシアにとっては、この飴が最後の希望であり光だったのだ。

「これはあの時の……」

父親も覚えていたのだろう。部屋に散らばった色とりどりの飴の包み紙を。

グシャリ。

アリーシアは飴を靴で踏みつぶした。

「お嬢様！　なにを！」

父親が顔をしかめる。

そう、あの時の父親と同じように。すべての希望を踏みつぶしたあの時のように。

アリーシアはごめんなさいと心の中で女の子に謝った。大事な飴だっただろうに。

アリーシアは愚かにもずっと父親に期待していたのだ。母との時間を共有した自分たちは、いつかわかり合える日が来るのだと。

「済んだことです。終わりもなにも、あなたはきっと、私の父だったことは一度もなかった」

なかったことにしよう。最初からなかったものを失うことはできないのだから。

「戻ります」

家令が跳ねるように体を動かすと、馬車の扉を開ける。

空に雪が舞い始める。アリーシアの凍てついた心を映すかのように。積もるほどではない雪は、最初から降らなかったようなもので、今の自分たちになによりふさわしいような気がした。

無言の馬車は、静かに走り始めた。


戻って来た屋敷は、抜け出す前と何もかも変わっていた。勝手に家を出るなどということがあったら、確実に叱責するだけでなく扇を振り下ろしたであろう義母は力のない目でアリーシアをいまいましげに眺めるだけだったし、そもそも義姉とは顔を合わせなかった。

コルセットをきつく締めて意地悪していた侍女たちはおどおどとアリーシアと目を合わそうとしない反面、今まで遠巻きにしてかまいもしなかった使用人たちの視線は感じる。

迎えに来た父は無言で何も伝えなかったので、おそらく昨日の伯爵の訪れでなにかあったのだろうとアリーシアは思う。だが、まるでガラスの向こうからそれを見ているようで、自分には何も関係ない気持ちがした。部屋に戻ると、母からもらった本を胸に抱えてベッドに崩れ落ちるように座り込んだ。

そのうち、誰か来たのか屋敷がざわざわとするような気配がする。部屋のドアがバタンと開いて、義母がつかつかと入り込んできた。その後ろに侍女も続こうとしたが、部屋が狭くて入れない。そのことになぜか笑い出しそうになる。

アリーシアはベッドに座ったまま本をぎゅっと抱え込んだ。義母が部屋に来るのは人目につかないように扇を振り下ろしに来る時くらいなので、反射的に体がすくむ。

「なんてことかしら。外出したままコートも脱いでいないなんて。メイジー、とにかく一番ましな服に着替えさせて」

メイジーとは普段アリーシアに意地悪をしている侍女だが、困ったように手を揉み合わせた。

「一番ましと言っても、ちゃんとしたドレスはお嬢様が昨日着ていたドレスしかありません。後は普段着が二枚ほど」

義母は行儀悪く舌打ちをしたが、そもそもそれしか用意しなかったのは義母なので、誰に文句を言うわけにもいかない。

「いまさらこの子にお嬢様なんて言う必要はないわ。それにしてもまだ数ヶ月あると思ったら、もう迎えに来るなんて礼儀知らずにもほどがある。まだオリバー様にも連絡していないというのに」

イライラと部屋を行ったり来たりすると、義母は足を止め、メイジーに指示を出した。

「二枚のうち、ましなほうに着替えさせてすぐに連れてきて」

「はい」

ドアを閉めて出ていくと、部屋にはアリーシアとメイジーの二人だけになった。アリーシアは今朝の父との会話で心から理解できたような気がしていた。アリーシアがどんなに我慢しても、状況などよくならないのだ。それならもう我慢する必要はない。

「コルセットなら、着けませんから」

そもそもやせっぽっちのアリーシアにはコルセットなど必要ない。

「お嬢様」

「気持ち悪いからお嬢様なんて呼ばないで」

普段言い返さないアリーシアが言い返したことにメイジーはむっとしたように肩をすくめると、義母から頼まれた仕事をあっさり放棄《ほうき》した。

「なによ、いい気になって。じゃあ知らないわ。そのままで行ったらいいじゃない。どうせどっちの服を着たってみすぼらしいのに違いはないんだから。奥様と旦那様が応接室でお待ちよ」

メイジーはプリプリと部屋から出て行ってしまった。

「行きたくない……」

アリーシアの中でほんの少し盛り上がった反抗心は、侍女のメイジーに言い返すだけで消えてなくなってしまった。いっそのことこのまま動かなかったらいいのではないか。そうしたらまた扇で叩かれるのだろうか。アリーシアは飴をくれた女の子を思い浮かべた。

「ごめんね」

飴を捨ててしまって。楽しそうな家族の住むあの家には、アリーシアと母の思い出すら存在することが許されないような気がして滅入った。迷惑をかけたくないから、飛竜便の事務所に行くこともできない。耐えても耐えても、待つ人も帰る場所も、行くところでさえも存在しないのなら、アリーシアはこの世界のどこにもいる必要はないのではないか。

「寒い」

芯から冷えた体はなかなか温まらない。アリーシアはベッドの上で本を抱えながらいっそう体を縮こまらせた。

どれだけ時間がたっただろうか。部屋の前の廊下から焦ったような人の声が近づいてきた。

「お待ちください！」

義母の声だ。

「これも主の命《めい》ですので。お嬢さん、案内してくれますか」

「は、はい」

だが義母に応《こた》える声は男性のものだった。アリーシアは眉をひそめて、記憶を呼び起こそうとした。男性の硬質で怒りさえ秘めたその声は、どこか聞き覚えのあるものだったからだ。それに義母だけではなく、今日はまったく顔を合わせていない義姉の声もする。

「こ、ここです」

「ありがとう。失礼する」

トントンという力強いノックの音と共に、部屋のドアが開いた。アリーシアは入っていいと許可など出してはいないが、この屋敷の者で許可をとろうとする人などそもそもいない。本来のアリーシアなら、何が起こるのか警戒して頭を巡らせ、誰が入ってきても反応できるように緊張していたことだろう。だが今日のアリーシアはあまりにも心が疲れ果てていて、誰が入ってこようともう気にもならないのだった。

ドアを開けた人がベッド以外何もない部屋を見て息を呑む気配がしたが、その人の気配は静かにアリーシアに歩み寄り、止まった。

「お前！　まだ着替えもせずに、だらしない！　それに座ったままで礼儀がなっていないわ！　客人ですよ。ご挨拶を」

義母の叱責が立て続けに入るが、アリーシアはそれに答えるのも億劫《おっくう》で、ただ本を抱え続けてわずかに体を揺らすのみだった。

「奥様。かまいません。お嬢様はこれから私どもの主となる人なのですから」

男の人はそういうと、アリーシアの足元にすっとひざまずき、かすかな声で呼びかけた。

「アリーシア様」

アリーシアはのろのろと男の人のほうを向いた。片膝をついてアリーシアを温かい目で見ているのは、アリーシアがよく知っている人だった。アリーシアの口元がかすかに動いた。

「なぜ？」

飛竜便のライナーがそこにいて、アリーシアの問いかけには何も答えず、安心させるかのようにただ頷いてみせた。

「お前は！」

「奥様」

ライナーは片手をすっと上げて義母の言葉を止めた。

「この様子では、もしかして当家との縁談の話を聞いていらっしゃらないのでは？」

縁談とは何のことだろう。アリーシアが首を傾げると、ライナーはやはりなというように頷いた。

「お前。先ほどハロルドが馬車で迎えに行ったはずです。その時に何も聞かなかったというの？」

アリーシアはやっと心が現実に戻って来たような気持ちになった。

目の前にはなぜか飛竜便の事務所のライナーがひざまずいていて、ドアのところには目を吊り上げた義母がいる。開け放たれたドアの向こうでは、廊下から義姉が半分だけ姿を見せ、気まずそうに下を向いていた。そして自分は義母に何かを聞かれている。

父親と話したか？

「いえ、馬車では一言も話しませんでした」

「あの人は何のために……」

あきれたような義母の後ろで、義姉がきっと顔を上げた。

「あなたはね、オリバー様のところには嫁げなくなったのよ」

「オリバー様？」

この状況でオリバーがどう関係するというのだろう。

「フェルゼンダイン侯爵家の次男の方には、うちの娘ならどちらが嫁いでもいいんですって。アリーシア」

義姉が口をゆがめて微笑んだ。

「よかったわね。私の代わりに、あなたがあの眼帯のグラントリー・シングレア伯爵に嫁ぐことになったのよ。そして私はオリバー様の元に嫁ぐの」

アリーシアは自分が下賤の者だと思ったことは一度もない。だが、世間的に、いわゆる庶子の立場が低いのは知っている。とても伯爵家に嫁げる身分ではない。突然の情報におろおろとするアリーシアを守るようにライナーがぴしゃりと言い切った。

「主がそれでいいとおっしゃっている。この話はこれで終わりです」

ライナーは立ち上がると、てきぱきと指示を出した。

「では、若の希望で、本日からアリーシア様にはうちの屋敷に来てもらいます。ご存じの通り、うちは特殊な仕事をしているので、いろいろ学ぶべきことが多いのですよ」

アリーシアに聞かせようとしているのだろう。突然のことで戸惑うアリーシアに伝わるように簡潔に説明してくれている。若と言われて、青空のような瞳が目に浮かんだ。

「すべてうちで用意しますので、アリーシア様は大事なものだけを持ってきてくだされればいいです。おい！」

ライナーの声で、廊下で待機していたと思われる使用人が二人ほど入ってこようとした。だが狭くてとても入れない。

「さあ、アリーシア様。指示だけ出してください。何をお運びしますか」

アリーシアは突然のことで戸惑ったが、胸の本だけをまたギュッと抱え直した。

「これだけです」

ライナーがアリーシアのほうだけ見て、冗談だよなと言うように口の端を片方だけ上げてみせた。

義母が焦ったように口を出す。

「伯爵家が揃《そろ》えてくださるとおっしゃってるのなら、伯爵家にふさわしいものを向こうで揃えてもらったほうがいいでしょう」

「そうですね。アリーシア様がそれでいいとおっしゃるのなら」

使用人は何も持たずにそのまま戻ることになった。

「ではアリーシア様」

相変わらず本を抱えてぼんやりしているアリーシアにライナーが声をかけ、ベッドから立たせると背中をそっと押した。

応接室には結局行くことはなかった。玄関ホールでは既に帰り支度の済んだグラントリーが待ち構えていたからだ。昨日の黒いコートではなく、温かそうなグレーのマントを羽織っている。

「ひっ」

小さいが、義姉がひるむ声がする。今日は眼帯を見ても逃げ出さないようになんとか踏ん張っているようだ。

昨日ジェニファーを見ていたように、グラントリーはアリーシアのほうをまっすぐに見つめていた。昨日は冷たいと思った青い瞳がなぜか温かく感じる。

「アリーシア、と呼んでもいいだろうか」

「は、はい」

アリーシアは小さい声で返事をした。グラントリーは満足そうに頷いた。

「私はグラントリー・シングレア。あなたの夫となる男だ」

そしてアリーシアを歓迎するかのように両手を広げた。なんとなく引き寄せられるような気がしてふらふらと前に出ると、グラントリーは愉快そうに口の端をほんの少し上げた。芝居がかったしぐさでマントの端をつかみ、アリーシアを胸に抱えた本ごとその中に巻き込んだ。突然強い力で引き寄せられたアリーシアは驚いて固まってしまった。

「アリーシア嬢は、シングレア家で大切にお預かりする。それではこれで」

腰に回された手は、片手なのにまるで重さを感じてなどいないかのように軽々とアリーシアを持ち上げ、そのまま荷物のように運ばれてしまった。

気がつくと豪華な馬車のシートに座っていた。そして向かいにはグラントリーが、隣にはライナーが座っている。

「善は急げ。ライナーの言った通りだったな」

「ちょっとでも考える時間を与えたら、やはり姉をという話になりかねませんでしたからね。若に怯える奥方なんぞいないほうがましだ。それに」

ライナーは戸惑うアリーシアを優しい目で見て、胸に抱えている本を指さした。

「持ってくるのは本当にその本だけでよかったのか」

アリーシアは頷いた。

「それと着替えが一着。それだけです。あ」

アリーシアは状況がわからないまま顔を上げると、本を膝に置き、スカートのポケットからハンカチを取り出した。ぎゅっと結んだハンカチをほどくと、中から銀貨が五枚出てきた。アリーシアはぎこちない笑みを浮かべた。

「これはお前……」

アリーシアはこっくりと頷いた。

「三年前にもらったお金と、この間もらったお金です」

「もらったんじゃない。正当に稼いだ金だよ、それは。つまりお前、三年バーノンの家にいて、増えたものなんて一つもないのか」

アリーシアは首を横に振って、服と袖の短い上着をつまみ上げた。何も貰《もら》わなかったわけじゃないことを言わなくてはいけないような気がした。

「これ。あと肌着も」

ライナーのあきれたような顔に肌着なんて口に出してはいけなかったとはっとしたアリーシアは、それよりも何よりも、自分がなぜ馬車に乗ってこの二人と一緒に出かけているのか今一つわかっていなかった。

アリーシアとライナーの話を聞いてどんどん無表情になっていくグラントリーのことも気になった。やがて馬車は静かに止まり、まずライナーが、そしてグラントリーが降りていった。かと思ったらグラントリーがまたひょいと顔を出した。

「降りるぞ」

戸惑いながら降りた先は、バーノン子爵家より一回り大きい屋敷だった。特徴的なのは敷地の広さで、町の中心部にあったバーノン子爵家と違って、周りには何もない広い庭が広がっているだけだった。かなり遠くに街並みが見えたから、町の外れなのだろう。

先に家に入ろうとしていたグラントリーが、アリーシアが戸惑い付いてきていないことにやっと気がつき、戻ってこようとしてはっと雲の厚い空を見上げた。

アリーシアがつられて空を見上げると、重い灰色の雲に大きな影が舞うのが見えた。

「ショコラ！」

大きな影の起こした風がアリーシアのスカートの裾《すそ》を巻き上げたかと思うとドスンとすぐ近くに何かが落ちたような音がした。

アリーシアが生暖かい風を顔に感じて、ギュッとつぶった目をおそるおそる開けると、虹色に輝く大きな瞳がアリーシアをのぞき込んでいた。

「ブッフン」

「りゅう？」

アリーシアが本から離して手を伸ばすと、大きな茶色の竜は撫《な》でてくれというようにアリーシアのお腹に鼻先を押し付けてきた。あの時と同じだ。あの時したかったように、大きな頭を抱えてぽんぽんと叩くと、竜はブフッと鼻息を吐いた。

「くすぐったい。あっ」

押されて倒れかけたアリーシアをグラントリーが抱きかかえ、竜に言い聞かせている。

「ショコラ。やめるんだ。細いお嬢さんなんだぞ」

「ブブッフフ」

不満そうな竜の頭をぽんぽんと叩くグラントリーを見て、さっきの自分は間違っていなかったと安心するアリーシアであった。

「竜にさわれた」

ただそれだけのことで胸の奥に火が灯《とも》るような気がした。

「飛竜便の家としては、第一関門どころか、最終関門まで合格って感じだな」

ライナーのあきれたような声がする。そこにまた違う声が割り込んだ。

「坊ちゃま、そんなところにいつまでもいないで、早く中にお連れくださいませ。お嬢様が寒くて震えているではありませんか」

「坊ちゃまではない」

突然かかった声にグラントリーがむっとしている。アリーシアがその声のほうを見ると、白髪で少し年のいった、家令と思われる男性があきれたような顔で立っていた。

「ご婦人を寒い外に置きっぱなしで頭の悪い竜に襲わせている馬鹿者を大人と認めるわけにはいきませんな。さあ、お嬢様。中へお入りくださいませ」

「ブブッフフン」

まるで頭など悪くないと竜が返事をしているようだ。

「ショコラ。これからいつでも会える人だから。今日は竜舎にもどっておいで」

「ブッフフ」

ショコラと呼ばれた大きな竜はアリーシアを最後にじっと見ると、数歩歩いてバサッと飛び立っていった。自分で竜舎に帰るのだろう。アリーシアはその賢さに感動した。

「さあ、入ろう」

今度はグラントリーに背を押されて、アリーシアは屋敷の中に入った。

中には数人の使用人が並んでいる。これがすべてだとしたら子爵家よりずいぶん少ない。

家令と同じくらい年をとった少しぽっちゃりした女性が家政婦頭《がしら》だろう。

ということは、アリーシアはここでメイドの仕事をすることになるのだろうか。あの家から離れたい一心で付いてきたが、実はなぜここに連れてこられたのかわかっていないアリーシアは、ここで使用人として働くのだと理解した。

実家では目立たないように、話さないように小さくなっていたが、ここではそういうわけにもいくまい。ここを追い出されたら行くところがないと思ったアリーシアは、一生懸命に頭を下げた。

「あの、よろしくお願いいたします」

挨拶に誰も返事をしないので、アリーシアは頭を下げたままでいるのがつらくなってきた。

そろそろ顔を上げたいが、我慢する。そんなアリーシアの両肩に手が置かれ、アリーシアは思わずびくっとした。グラントリーの手だった。

「もしかして、なぜこの家に来たか、君はわかっていないのか？」

アリーシアはゆっくりと体を起こして、ゆっくりと頷いた。

「ええと」

それから、何もわかっていない人だと思われたくない一心で、本を両手で抱え直して一生懸命にアピールした。

「あの、下働きなら一通りできます。それから、少しだけですが侍女になるための勉強もしました。まだ髪とかは上手に結えないですけど、できれば」

まっすぐにグラントリーを見ていた目をそっと落とした。

「一六になるまでは、成人するまではここに置いてください。もう二度と……」

こんなことを言ったらかえって恩知らずと思われてしまうかもしれないけれど。アリーシアは思い切って言ってしまうことにした。

「もう二度と、あの家には戻りたくないんです……」

心の奥底で願っていたことを、初めて言葉にした。言葉にして、本当にあの家が嫌いだったんだとすとんと胸に落ちた。

「ライナー！」

「いや、俺、確かに俺は言ったぞ。若の希望でシングレア家に来てもらうって。あれ？」

グラントリーの非難交じりの一言に、ライナーは自分で思い出して首をひねっている。

「私だってあなたの夫になる男だと言ったはずなんだが」

グラントリーも困ったようにアリーシアを見るので、アリーシアはおろおろするしかなかった。

「ライナーも、婚約者としてという一言は伝えなかったのか」

「それはあの姉のほうが言ってたぞ。待てよ、どちらかというとオリバーとやらに嫁げなくなったというほうを強調していたな。あれ、すまん」

ライナーはもっとはっきりと言うべきだったなという顔をした。

そうだ、オリバーに嫁がなくてよくなったということばかりが頭に残って、アリーシアもその後の話はよく聞いていなかったのだ。

「オリバーに、嫁がなくていい」

アリーシアは改めてほっとして肩の力が抜けた。

「そこじゃねえよ、アリーシア」

「ライナー」

今度の静かな声は、家令から聞こえてきた。ライナーはやばいという顔をして背筋をすっと伸ばした。

「そのお嬢様は奥様になる予定の方です。なんですか、その口の利き方は」

「す、すみませんでした」

謝罪しているライナーを横目で見ながら、グラントリーがアリーシアのほうに背をかがめた。

「昨日のことは覚えているね」

「倒れるまでですが」

「それでいい。君の服を切り裂いたのは私だ」

一瞬の静寂と共に、

「坊ちゃま！」

「若！」

など、様々な叫び声が玄関ホールに響いた。

「若、俺のこと言えないですよね。言葉が足りないんですよ」

ライナーがそっくりかえっているが、アリーシアは混乱するばかりだった。グラントリーは慌てて言い直した。

「あー、つまり、昨日は君の姉との顔合わせだったはずなのだが、君の姉は結局逃げてしまった。私の顔がよほど怖かったらしい。そして君はコルセット、いや、服がきつかったらしく、あの場で倒れてしまった。急なことで服を緩めるには切り裂くしかなかったというわけだ」

なぜ今朝、服があの状態だったのかやっと理解できた。不謹慎とか恥ずかしいというより、助けてくれた優しさのほうが身に染みる。だが、なぜ義姉はそんなに眼帯を怖がるのだろうか。グラントリーの眼帯の下の、怪我のない時の顔を知っているアリーシアは、思わずその顔に手を伸ばした。

グラントリーはアリーシアの手をそっとつかむと、一瞬頬に引き寄せるかのようなしぐさをしたが、そのままアリーシアの手を優しく体の横に戻した。

「君が倒れたことはいったん置いておくとして」

グラントリーは気まずかったのかゴホンと咳払いをした。

「夫を怖がる妻などありえない。君の姉との婚約はなかったことになるはずだった。だが、君の父親が、娘ならもう一人いると。そう言った」

「まさか」

アリーシアは父親の厚かましさに驚いた。でもそれ以上に驚いたことがある。

「娘だと、思っていたんですね」

その驚きは今朝の出来事を思い返すとすぐに失望へと変わった。そもそも、母が死んだ時、なぜアリーシアを自分の家に連れて帰って来たのだろうと思ってはいたのだ。体面のために、子どもを捨てたと思われないために引き取ったのだと思っていた。あるいは戸籍に載せてしまったから仕方なく引き取ったのだと。

でも、違うのだ。

「そうか、お父様が私を引き取ったのは、娘には、利用価値があるからなのね」

「アリーシア……」

もう済んだことだ、終わりにしなさいと父は言った。父にとって、アリーシアは伯爵家と縁をつなぐ役割だった。父にとっては、アリーシアの娘としての役割は、それで終わったことになるのだ。

「アリーシア！」

グラントリーはアリーシアの両肩をつかんで、自分のほうを見るように少し揺らした。そしてアリーシアの絶望に染まる目を見て、いたましそうに顔をゆがめた。

「いいか。君は私の婚約者になった。成人しても、決してバーノン家には戻さない」

そしてグラントリーはゆっくりと、アリーシアに染みこむように言い聞かせた。

「さあ、アリーシア。言ってごらん。私はあなたの婚約者です、と」

アリーシアは口を開けて、一度閉じると、震える声で繰り返した。

「私。私はあなたの、婚約者、です」

「そうだ。そしてもう、二度とあの家には、帰りません、と」

「二度と、あの家には、帰らない」

グラントリーは深く頷いた。

アリーシアの目に涙が浮かび、つーっと頬を滑り落ちた。

グラントリーはアリーシアの顔をそっと胸に引き寄せた。まるで涙を服に吸わせるかのように。

「今は、その二つだけ。その二つだけを覚えておけばいい」

「はい」

朝からいろいろなことがあって疲れていたアリーシアには、二つだけというグラントリーの言葉がとてもありがたかった。

「二度と、帰らない」

「今はそっちでいい。大切なのはもう一つのほうなんだが」

グラントリーが苦笑したのが体を通して伝わって来た。温かい腕に包まれているとほっとして、アリーシアは今日初めてやっと深く息を吸えたような気がした。

パンパンと手を叩く音がして、グラントリーとアリーシアは慌てて離れた。

「グラン坊ちゃま。いつまでお嬢様を寒いホールに立たせっぱなしにしておくつもりなのですか」

今度は落ち着いた女性の声だ。先ほど見た年配の女性がグラントリーを厳しい目で見ている。

「だから坊ちゃまとは呼ぶなと。いや、すまない」

グラントリーは今度は素直に受け入れると、アリーシアの背に手を当てて隣に立った。

「こちらはアリーシア・バーノン。バーノン子爵家の次女ということになる。まだ成人していないので、婚約者として、しばらくの間この屋敷で大切に預かることになった。皆、よろしく頼む」

誰一人として嫌な顔をするものはおらず、揃って一礼した。おずおずと礼をかえしたアリーシアは、顔を上げることができずそのままうつむいてしまった。

バーノンの屋敷にいた時は、自分が家の外でできた子どもであるということはまったく気にならなかった。どんなに蔑まれても、母親のことを誇りに思っていたからだ。でも、これからはグラントリーの婚約者ということになる。その婚約者が、私でいいのだろうか。

「アリーシア、今日考えてもいいのは二つだけだ。それ以外のことは考えるな」

グラントリーがアリーシアの背中に当てていた手にもう一度力がこもった。まるで励まそうとするかのように。

「はい」

アリーシアの素直な返事に頷くと、グラントリーは両手を開いて肩をすくめた。

「さて、とりあえず連れてきたが、これからどうしようか」

「坊ちゃま。私どもも、婚約者を連れてくること以外は何一つ聞いておりませんよ。それにほら、お嬢様が」

家令の指摘にグラントリーは慌てて隣を見た。自分がどうなるのか不安で怯えた目をしているアリーシアを。

「アリーシア。君は何がしたい？」

「私……」

アリーシアは何がしたいのか。

一途に思い詰めていたのは、あの家を出たいということだけだった。そして出て何をしようとしていたか。思い出したアリーシアは顔を上げた。

「あの、私、飛竜便の事務所で働きたいです」

「あー、そうきたか」

グラントリーは困ったように天を仰《あお》いだ。

「君にはまず、ゆっくり休んでお菓子でも食べていてほしかったんだが。町に買い物に行くとかでもいい」

アリーシアは戸惑った。

「でも、ゆっくり休むって、どうやったらいいか」

一〇歳の頃から一生懸命動き続けるしかなかったアリーシアは、ゆっくり休むやり方など忘れてしまっていた。

「あの、朝は何時に起きて、どこに行けばいいですか。休むなら、何時から、何分くらい休んだらいいですか？」

「そこからか……」

困ったグラントリーのところにいつの間にか使用人が集まってきていた。まずグラントリーを叱りつけていた年配の女性が声をかけてきた。

「坊ちゃま。今はまずお屋敷と私どもに慣れてもらいましょう。アリーシア様」

「は、はい」

「坊ちゃまがいつまでも紹介してくれないから、自分で紹介しますよ。私はエズメ。家政婦長をやっております。当分、アリーシア様付き侍女も兼ねますので、よろしくお願いしますね」

「よろしくお願いします」

アリーシアはぺこりと頭を下げた。

「まずは頭を下げないところからですな、アリーシア様。私は家令のヨハンです。屋敷全般のことを取り仕切っております」

アリーシアはまたぺこりと頭を下げようとして、途中で止まった。

「その調子でございますよ。早速ですが、アリーシア様、今日はお食事は召し上がりましたか？」

アリーシアは少し考えて首をフルフルと横に振った。

使用人の非難の目がグラントリーに集中したような気がしたアリーシアは、焦って言い訳した。

「朝はいつも食べないんです。今日は朝早くから出かけていたし、それで」

エズメがにっこりと頷いた。

「ええ、ええ、そうでしょうとも。ここでは使用人でも朝は食べる習慣ですから、明日からはそうしましょう。坊ちゃまは今日は？」

「これから仕事だ」

「婚約者を迎えに行った日にお仕事ですって？」

グラントリーは降参するかのように両手を顔の前に上げた。

「今日のこの時間をもぎ取ってくるだけでも大変だったんだよ。急な予定だったものでね」

そう言い訳すると、アリーシアの目をのぞきこんだ。

「今日は夕食までには帰ってくるから、ゆっくりしているといい」

何に満足したのかグラントリーは一人頷きながら、マントをはらりと翻《ひるがえ》した。

「ライナー！」

「はいはい。じゃあアリーシア」

「アリーシア様ですよ」

ライナーは家令に叱られて頭の後ろに手をやっている。

「アリーシア様。少し落ち着いたら、飛竜便の事務所に手伝いに来てくださいよ」

アリーシアの顔がぱあっと明るくなった。

「その反応はちょっと悔しいぞ」

「さあ、若。行くとなったらさっさと動く」

そうして二人は出て行ってしまった。

アリーシアは不安になりながらも、グラントリーが出ていったことに少しほっとする気持ちもあった。あんな大人の人が自分の婚約者だと言われても、ピンとこないのだ。これからどうするか聞こうと皆のほうを見たら、エズメがエプロンの端で涙を拭《ぬぐ》っているのが見えた。

「大丈夫ですか？　どこか痛いですか？」

「まあ、アリーシア様。どこも痛くありませんよ。ただねえ、久しぶりに昔のまんまの坊ちゃまを見られて、エズメはもう、嬉しくて嬉しくて」

「怪我をして以来、まるで性格が変わったようでしてね。もちろん、それでも有能で公正なお方ではあったんですが。久しぶりに楽しそうな坊ちゃまを見ましたよ」

アリーシアが前に見たグラントリーと違うと思ったのは、怪我でも眼帯でもなく、義姉のジェニファーを見つめていた時の冷たい視線だけなので、それほど違うのかと不思議に思う。

「三年前、飛竜便の事務所で初めてお会いした時、お日様のような人だと、思いました」

「まあ。以前に会ったことがあるんですのね」

アリーシアはこくりと頷いた。

「飴をくれたんです。お父様に踏みつぶされてしまったけれど」

グラントリーに初めて会った日はいろいろなことがありすぎた。それでも、闇夜に灯る明かりのように、優しい思い出だ。

「どんな味だったのかなあと今でもたまに思うんです。その時も今も、私にとってグラントリー様は何も変わっていないような気がします」

「アリーシア様」

エズメの真面目な声にそちらのほうを向くと、使用人の人たちが皆アリーシアに頭を下げていた。

「あ、頭を下げてはいけませんって言ってたのに」

アリーシアがおろおろと手をさ迷わせると、ヨハンがハハハと笑って頭を起こした。

「愉快愉快。失礼しました。私たちは頭を下げてもよいのですよ。アリーシア様は主人に当たるわけですから、下げてはいけません。わかりますね」

アリーシアは素直にはいと返事をした。

「坊ちゃんの本質をちゃんとわかっていらっしゃる。ありがたいことです。これから一緒に坊ちゃまを支えていきましょうね」

アリーシアは見たことはないが、おじいさまというのはヨハンのような人のことを言うのだろうという気がした。


「若、仕事なんて何とでもなるでしょうに。今日一日くらい婚約者殿のそばにいてあげたほうがいいんじゃないんですか」

「婚約者殿なあ。勢いで動いてしまったが、なんとも幼すぎて。それに」

グラントリーにも、自分が逃げるように屋敷を出てきたことは理解していた。一見表情が変わらないようでいて、あの緑の瞳が鏡のように彼女の心を映し出すので、なんとなく目が離せない。つまり、正直に言うと、一緒にいるとハラハラして落ち着かないのだ。

「ヨハンとエズメなら大丈夫だと思うが、若いほうの使用人とはうまくやっていけるだろうか」

心配して落ち着かないグラントリーに、並んで事務所に向かいながらライナーが肩をすくめた。

グラントリーの屋敷から飛竜便の事務所はすぐ近くだ。竜に荷物を積み込みやすいようにと近くに屋敷を建てている。体裁のためにある程度の大きさの屋敷ではあるが、客が来るわけでもないうえ、竜舎がすぐそばにあることから人も集まらず、使用人も最低限の人数だ。

家令のヨハンと家政婦頭のエズメは夫婦で、グラントリーが小さい頃から屋敷で世話になっており、グラントリーが侯爵家から独立した時に一緒に付いてきてくれた。頭が上がらないが、大事な家族のようなものだ。

「離れていても心配なら一緒にいてやればよかったのに」

「私自身、この婚約にまだ納得できていないんだ。売り言葉に買い言葉で、名前も知らない婚約者をもらってしまったのが昨日のことだぞ」

「だが、いつもの若だったら、どんな相手でも迎えに行ったりはしなかっただろう」

「それはそうだが」

グラントリーは何と言っていいか迷った。だが理由はある。

「倒れても、助けようとしたのが他人の私だけ。垣間見えた背中には、おそらく棒か何かで打たれた無数の傷跡。似合いもしない服。折れそうに細い体。目だけが目立つ顔。どれをとっても、一日だってあの家に置いておくべきではない理由にはなる」

「ふーん。まあそういうことにしておけばいいでしょう。俺にとっても、どこに行ったかわからなかったアリーシアが見つかってありがたかったから」

「確かに北の国の翻訳ができる人材は貴重だが、北の国との取引はそもそも少ないし、うちには手伝ってくれる翻訳者がいちおういるだろう。なぜあの子にこだわる？」

　グラントリーのほうこそ聞きたかった。飛竜便の事務に関してはライナーに一任しているが、なぜそんなにアリーシアにこだわるのかと。

「俺は二回、失敗してるんですよ」

「二回？」

　ライナーは暗い目をしている。

「一回目は、アリーシアが急に来なくなった時。確かにこっちは翻訳はものすごく助かってたのに、子どもだからって銀貨二枚かそこらでいいように使ってさ。それで少しでも生活のたしになるならいいだろうって思い上がってたこと」

「他人の子どもに口を出すことはできないだろう。思い上がりもなにも、ずいぶんよくしたほうだと思うが」

「だがあいつの母親はあの日、死んだ。若に最初に会ったあの日にです」

　グラントリーは虚を衝《つ》かれて何も言えなくなった。

「何かできなかったのか。そう考えていたはずなのに。三ヶ月前、ふらっと事務所に来たあいつを、俺はまた何もせずに帰してしまった。家名さえ聞かずにだ」

　もう事務所は目の前だ。

「あと半年したらとアリーシアは言った。すぐ雇ってもいいと言ったのに、うちの事務所に迷惑がかかるからと言ったんです。奥様が許さないだろうって。三年前、アリーシアはどう見ても、囲われ者の子どもだった。父親に引き取られたと聞いたが、義母を奥様と呼ばせるうちだ。ろくなもんじゃねえとわかっていても、結局待つほかは何もしなかった」

ライナーは事務所の前で立ち止まった。

「あんな目をする子じゃなかったんです。あんな怯えた、何の希望もない目をする子じゃあなかった。母親のために一生懸命で、仕事を楽しそうにこなして、希望に満ちあふれてたんですよ」

そして事務所のドアに手をかけた。

「三回目は失敗したくなかった。それだけです。さあみんな、若が来たぞ！」

大きな声を上げて事務所に入っていくライナーの顔にはもう暗い影はなかった。

「そして朗報だ！　アルトロフ語の翻訳者がもうすぐ手伝いに入るぞ」

「それってあの緑の瞳のかわいい子ですか？」

机に向かって熱心に仕事をしていた若い事務員が期待に満ちた顔をライナーに向けた。

「そうだ」

「よっしゃあ！　やる気が出た！　あ、若、おはようございます！」

もう昼だが、みんなグラントリーに明るく挨拶すると、また熱心に仕事を始めた。しかしグラントリーはなんとなく胸がもやもやし、ついこう言った。

「ここで仕事をさせるかはまだ決めてない」

「若。あんなにここで働きたがっているのにか」

グラントリーはプイと顔を背けてそこら辺にある書類をパラパラとめくった。

「そんな暇そうなら屋敷に戻ったらどうですか」

「うるさい。ところでライナー、報告書は？」

グラントリーがここに来たのは、バーノン家の調査をさせているからだ。

「昨日の今日じゃさすがに無理でしょ。普通の身上調査じゃないんですから」

婚約者などやっぱり面倒だったと思いつつ、その忙しさが煩《わずら》わしいとは思えないのが不思議なグラントリーであった。


アリーシアはグラントリーとライナーが出ていったドアを心細そうに見つめた。

「さあさあ、そんなに心配そうな顔をしなくても大丈夫ですよ。とりあえず着替え……はもしかして」

エズメがアリーシアの後ろを何か隠していないか確かめるようにのぞきこんだが、アリーシアは本当に本以外、身一つで来てしまったので、他に何も持っていないことを申し訳なく思った。

「あの、本当は着替えが一組あったんですが、置いてきてしまいました」

「まあまあ、そんなことを申し訳なく思う必要はないんですよ。お部屋にご案内する前に、まず温かい物を食べましょうね」

エズメがそう言った途端、他の使用人はそれぞれの仕事に戻っていった。

「お部屋にお持ちしてもいいんですけどねえ、台所も見てみたいでしょうし」

絶え間なくゆっくりと話しかけられると、おとぎ話の魔法をかけられているように言うことを聞かなければという思いになる。

広い台所に連れていかれると、厨房《ちゅうぼう》にいたいかつい料理人がアリーシアを上から下まで見て眉を上げ、あちこちから食べ物を集めて皿にのせると、ぐつぐつ煮立つ鍋からスープを一杯よそってくれた。

「こんなには」

「食べられないんですよね。わかりますとも。さあ、スープが飲み頃になるまで、食べられるだけ食べましょう。なあに、残したって誰かが食べますから」

その言葉にほっとするとスープの匂いが気になり始め、アリーシアは自分がお腹をすかせていることにやっと気づいたのだった。

並べられたハムやテリーヌを味わい、すっぱいピクルスに頬をきゅっとさせる。そうこうしているうちに少し冷めたスープをすくって口に入れると、ミルクと芋の優しい味がした。

「おいしい」

「おいしいですねえ。ほんとですよ。うちの料理人はおしゃれな料理はできないんですけどね、こうじんわりと味わい深い料理を作るんですよ」

「おしゃれな料理だって作れる」

料理人の一言にアリーシアはクスッと笑った。それからエズメに招かれるままに二階に上がり、広い部屋に通され、いつの間にか上着を脱がされると、ベッドの上でふかふかの布団にくるまれていた。

「あ、あの」

「今日は早起きだったんじゃないですか」

「は、はい」

「それならちょっとだけ横になりましょうか」

そう言われてもう横になっているのだけれど、と思うアリーシアだったが、お腹の底からぽかぽかとして、いつの間にか眠ってしまっていた。

ふと目を覚ますと、部屋は既に薄暗くなっていた。一瞬朝かなと思ったアリーシアは、はっとして起き上がった。仕事もせずにお昼寝をしてしまうなんて、こんなこと知られたら叱られてしまうと思いながら。ドキドキする心臓を持て余しながら周りを見ると、見知らぬ広い部屋でふかふかの布団にくるまれている自分がいる。

「そうだ、私。ライナーさんに連れられて」

そして飛竜便の若のグラントリーに会ったのだ。

「ここは、グラントリー様の屋敷。そして覚えておくことは二つ」

アリーシアは枕元にちゃんと置かれていた北の国の本をそっと抱えて、グラントリーに言われたことを思い返した。

「一つ。二度と、あの家には、帰らない」

帰らなくていいということがアリーシアの心臓をいくらか落ち着かせてくれた。そして帰らなくていい理由が二つ目だ。

「私は、あなたの、婚約者です」

だがこちらはピンとこない。グラントリーの顔を思い浮かべても、八つも年上の人と自分がいつか結婚するということが現実的ではない。というかそもそも生きていくだけで精一杯だったアリーシアには、自分に母のような、あるいはジェニファーのような将来があるとは想像もできなかった。

「それならせめて、グラントリー様の邪魔にならないよう、少しでもお役に立つよう、努力していくしかない。私に何ができるかな」

屋敷は広いのに、使用人は少ないようだった。叱られずにすんで、ご飯がちゃんと食べられるなら、働くのは嫌いではない。

「よし、頑張ろう」

ぎゅっと本を抱きしめた時、トントンとドアを叩く音がした。

「おや、起きていらっしゃいましたか。ああ、少し顔色がいいですね」

エズメが色とりどりの布を山のように抱えながらドアから入ってきた。アリーシアは本をそっと枕元に置くと、するりとベッドを抜け出した。

「そんなにたくさん。お手伝いします」

「いいんですよ。これが仕事ですからねえ。それじゃ、一緒にしまいましょうねえ」

エズメが持ってきたのはたくさんの服だった。

「あとであつらえることにして、とりあえず体に合いそうなものを急いで用意しましたよ。きっとすぐ大きくなって服も合わなくなるでしょうから、少しずつですけどね」

「あの、もう一五歳なのでたぶん大きくはならないかと思います」

「まあ、見ててごらんなさいな」

アリーシアには取り合わず、エズメはベッドに持ってきた服を広げた。赤やオレンジ、それに水色など色とりどりの服に驚き、ほんの少し心が弾んだ。今まではくすんだ茶色やベージュ、緑といった服しか持っていなかったからだ。

「ええと、これ」

「アリーシア様の服ですよ」

「でも」

「遠慮してはいけませんよ。坊ちゃまと並んで見劣りがするようでは、婚約者としてのお仕事になりませんからね」

アリーシアはハッとした。そうだ、婚約者でいることもお仕事なのだ。

「やはり年頃の侯爵家次男で、自らも伯爵である坊ちゃまですからね。しかもお金持ちときたら、財産狙いの方もいるんですよ。それに周りが早く結婚しろとうるさくて」

そういうものなのかとアリーシアは素直に頷いた。

「だから、アリーシア様が盾となって、もう結婚相手を探す必要がないのだと示せば、坊ちゃまはとても楽になるというわけなんですよ」

「はい」

それならアリーシアはいるだけでもグラントリーの役に立っていることになる。

「そのためにも、きれいな服を着ることも大事なんですよ。それからご飯をもっと食べて、もう少し太って大人っぽくなりましょう」

アリーシアは自分の発育の悪い体を見下ろした。確かにハリエットやジェニファーに比べると迫力に欠ける。

「頑張ります」

「その調子ですよ。じゃあ、今日は明るいこの色を着ましょうね」

エズメは白いふんわりしたブラウスに、落ち着いた赤のオーバースカートを用意した。もう夜なのにと思ったが、ジェニファーがしょっちゅう着替えていたのを思い出して、ちゃんと着替え、残りの服をクローゼットに納める手伝いをした。

鳥の雛《ひな》のようにエズメについて回るアリーシアを屋敷の使用人が温かい目で見守っていたが、やがてグラントリーが戻ってくると、屋敷は一気に明るくなったような気がした。

「婚約者殿はよく休めたかな。おや、顔色がよくなったね」

「はい。ご飯を食べて、お昼寝させてもらって」

「赤い服も緑の目に似合うね。まるで夏の花のようだよ」

花というたとえにアリーシアがただ微笑んでいると、グラントリーが困った顔をした。

「昔はこれでけっこうころっと落ちたんだけどな」

「坊ちゃま。調子が戻りすぎです」

そして通りがかったヨハンに叱られており、アリーシアはなぜ叱られたのかと首を傾げるのだった。

約束通り、一緒に夕食をとってくれたグラントリーは、竜に乗って訪れた国の話をぽつぽつとしてくれて、アリーシアはその話に夢中になった。

「ほら、手が止まっているよ。君がご飯を食べないと私がエズメに叱られてしまう。話は逃げて行かないから、ご飯をお食べ」

「はい。あ、お野菜がお花の形になっています」

メインの食事を運んできた料理人が得意そうな顔をする。

「俺だってしゃれた料理くらい作れますからね」

「何で急にそんなことを」

あきれたグラントリーにふんと鼻で返事をして料理人は厨房に戻っていった。グラントリーも知らないことをお屋敷の使用人と共有できていることが、なんとなく嬉しいアリーシアである。

グラントリーはそんなアリーシアに、こんな話をした。

「できるだけ一緒に食事はとりたいけど、飛竜便の関係で月に半分以上は屋敷を留守にしてしまうんだ。そこは大丈夫かな」

「はい。皆さん優しくしてくれますから」

「それならよかった」

こんなによいことがたくさんあっても、今日一日はまだ終わっていない。そして終わらないではほしいと思う日ができたことをアリーシアはただただありがたいと思った。


その日の夜、昼寝をしたにもかかわらずアリーシアがあっという間に眠りについた後、グラントリーの部屋にはヨハンとエズメが集まっていた。

「坊ちゃま」

「エズメ。私にも婚約者ができたんだ。坊ちゃまはやめてくれてもいいと思うが」

「坊ちゃま」

グラントリーはあきらめて肩をすくめた。

「さて、婚約者殿は今日はどうだったのかな」

たった半日だから、どうもこうもないとは思っている。そもそも自分だって夕食を共にしたくらいしかアリーシアとは接していない。怖がりもせず素直に話を聞く女の子は久しぶりで、グラントリーも素直に楽しかったことは確かだ。

「とりあえず一〇ヶ月後のデビューに向けて、どういう準備をしていくかだが」

「安心いたしましたよ。いたいけな少女とすぐに結婚などと言い出したらどうしようかと思いました」

ヨハンがほっと息をつくが、さすがにグラントリーも一五歳とはとても思えないやせこけた少女とすぐに結婚しようとは思えない。

「あの子を守るためならすぐにでも籍を入れたほうがいいのはわかるが、せっかく実家を離れられたのだから、普通の少女の生活もしてみたらいいと思ってはいるんだ」

「その間もうしばらく自由な独身生活を送れるからですかね、グラン坊ちゃま」

家令が手厳しい。

「今調査をさせているが、どうやら使用人のような生活を強《し》いられていたようだから、しばらくゆっくりさせてから令嬢教育をと思うんだが」

どうだろうかとエズメとヨハンのほうを見た。

「それなんですが坊ちゃま」

いちいち坊ちゃまをつけるのはやめてもらいたいグラントリーである。

「昼から今日一日、私が一緒にいましたけれど、まず坊ちゃまに聞きたいことがあります。アリーシア様と夕食を共にされていかがでしたか」

エズメの真面目な顔に驚いたが、グラントリーは思ったことをそのまま口にした。

「いかがって言われても、普通に楽しかったよ。向こうから話すことはほとんどなかったが、私の話を楽しそうに聞いてくれて。小食のようだが、おいしそうに食べていたよ」

「やはりそうでしたか」

エズメの言葉にグラントリーは今の話の何がやはりなのかと疑問に思う。

「もしアリーシア様が、見たままのみすぼらしい格好のままの育ちだとしたら、それではおかしいんです」

「おかしいとは」

エズメは真面目な表情を崩さず、一つ一つ丁寧に説明してくれた。

「坊ちゃまが出かけてから、とにかく何か食べさせなくてはと厨房に連れて行ったんです。いきなり広い食堂で一人で食事ではかえって緊張すると思いましてね。朝から何も食べていないと言っていたし、あの痩《や》せ方から見て、日常的に食事量が足りていないのも確かですし。まずはなんとかして肉をつけさせませんと」

「エズメ。話がずれているよ」

ヨハンが冷静に指摘した。

「あら申し訳ありません。料理人が急いで揃えてくれたありあわせの食事でしたが、お腹がすいているはずなのに、本当にきれいな作法で食事をするんです。驚きました」

「そういえば、私と二人、対面して食べてもごく普通の貴族令嬢と何も変わらなかったな。そうか」

グラントリーはエズメが何を言いたいのかようやっと理解した。

「みすぼらしくても、粗野なところが一つもない。静かにゆったりと動くし、食事作法もきれいだ。あまりに自然で、おかしいと思わなかったのか」

「そうです。むしろ、時々はっとして動きが早くなったり、おどおどした態度になったりするのは、そうしないと叱られてきたからではないでしょうか」

だが、そうだとするとおかしいことになる。家の外でできた子で、父親にも義母にも疎《うと》まれていた。

「アリーシアは、アルトロフ語の翻訳ができるんだよ。初めて見たのは三年ほど前だ。飛竜便で臨時の仕事をしていたんだ」

「坊ちゃま」

今度のあきれたような坊ちゃまはヨハンだ。

「アルトロフとは北の国。飛竜便では時々行き来があるとはいえ、うちの国とはほとんど交流がないはずです。それなのに、アルトロフ語を理解し、しかも読み書きまでできる子どもなど、貴族にもおりませんよ。おかしいとは思わなかったのですか」

「すまん。今初めて気がついた」

ライナーによると、当時は貴族の囲われ者の娘ということしか知らなかったという。事情があるだろうからと掘り下げなかったが、今考えてみると母がアルトロフ出身、しかも読み書きを娘に教えられるくらいの教養があるというのは、確かに珍しい。

「これは本腰を入れて調査をしないといけないか」

「それがようございます」

ヨハンがほっと安心したように息を吐いた。グラントリーは今日一日のアリーシアのことを頭に思い浮かべた。訳あってこの家に来た不憫《ふびん》な娘だ。

「縁があってうちに来た子だ。普通の一五歳の少女がやることは一通りやらせてあげたいと思う。妹がいたらこんな感じだろうか」

冗談で婚約者殿と呼んでいるが、グラントリーはアリーシアのことはまだ婚約者とは思えないのだった。

「ほほほ」

エズメがおかしそうに笑った。

「いつまでそんなことを言っていられるやら。この年頃の娘の成長を侮《あなど》ってはなりませんよ」

あの細い娘が成長すると言われても、全く想像できないグラントリーであった。

グラントリーはアリーシアの身辺調査をする。そしてヨハンとエズメは、アリーシアが落ち着いたらデビューに向けての準備を始める。そういうことで話はまとまった。

「でもまずは、ご飯をちゃんと食べさせないといけません」

エズメの言葉にヨハンもグラントリーも深く頷いたのだった。

第五章　わがまま王女と北の国の使者

その日アリーシアは、屋敷の外に出ていた。この屋敷に来てから一ヶ月、広い庭には緑が増え始め、春の気配が漂っている。

「ブブッフフ」

「フフッ。ショコラ、やめて」

アリーシアのお腹にグラントリーの竜が鼻を押し付ける。最近声を出して笑えるようになったのは、この茶色の竜のおかげもあるかもしれない。

グラントリーを背に乗せて、さらに首に荷物を括《くく》り付けて飛ぶ竜は、アリーシアから見ると巨大というくらい大きい。お腹に押し付けている鼻も、その鼻のついている顔はアリーシアより大きいくらいだ。それでもこの竜はとても小さいのだという。この竜というより、グラントリーの飛竜便が抱えている九頭の竜は皆小さいと聞いた。

以前竜舎に連れて行ってもらった時、アリーシアに興味津々の竜に囲まれながらグラントリーとこんな話をした。

「グラントリー様が子竜を救ったのだと聞きました」

「アリーシアにまで噂が流れているのか」

グラントリーは愛しそうに一頭一頭の竜を叩いている。だが、竜舎に残っているのは五頭で、残

りの四頭は荷物を運んでいるという。

「竜に懐かれる者はめったにいないが、懐かれたら竜に乗せてもらえる。竜に乗る者を竜使い、略して竜使と呼ぶ。どうしても竜に乗ってみたいという者はけっこういて、なんとか竜使は確保できているんだ」

二頭か三頭の竜と竜使で組をつくる。荷物の量によって編成が変わるが、基本的に定期便として いくつかの国を回っているという。

「だいたい一〇日で一回りだ。だから出かけたら一〇日は帰れない。今定期便のコースは二つあって、よほど忙しくない限り二頭編成で回っているから、こいつらは一〇日働いて一〇日休んでることになる。いいご身分だよな？」

「ブッブブッフフ」

竜から一斉に不満の声が上がる。

「ハハハ」

グラントリーが一番生き生きするのがこうして竜と一緒にいる時だ。

「ブブッフフ」

一頭の竜が器用にグラントリーの眼帯を外そうとする。

「やめろ。飛ぶ時には外すから」

「フッフー」

それなら仕方がないとあきらめたようだ。

「救ったといえるのかどうか」

やがてアリーシアに興味を失った竜たちが思い思いにくつろぎ始めた時、グラントリーが話してくれた。

「私の家はもともと聖竜の後見の家だ。簡単に言えば、竜の世話係なんだ。竜舎の掃除もさせられていたし、竜には慣れていてね。そんな時、三〇年の一度の産卵期が来たんだ」

この話までは聞いた気がする。

「もともと一度に一〇個は卵を産んで、一個孵るか孵らないかくらいらしい。それが一〇個全部孵ってしまった。何個も孵った時は、親は一番強い子だけを残す。記録にはそうある。実際一番大きい子竜の他は引き離され、放置された。だがな」

その時を思い出したのか、グラントリーの顔はゆがんでいた。

「死なせたくない。一つとして死なせたくないという、聖竜の声が聞こえたような気がしたんだ。私は引き離され放置された竜の子たちに、毎夜こっそりと竜輝石を運んだ」

「竜輝石？」

「竜輝石とは、竜の餌《えさ》となる鉱石のことだ。この世界の中で、竜だけが生き物の理《ことわり》から外れている。あの大きい体を支えるだけの大きさの翼などないのに空を飛び、食べ物ではなく石を食べて暮らす。その石は大陸の北西部の山脈の一部に露出していて、竜輝石と呼ばれている。それが竜が山脈から離れない理由だと言われているよ。そしてそれがうちの領地の特産なんだ」

アリーシアは思わず体を固くした。グラントリーがさりげなく話したそれは、アリーシアが聞いてよかったのだろうか。門外不出の情報とかではないのか。

「竜輝石については秘密でも何でもないよ。もっとも、よく知られた話でもないから、民は知らないかもしれないね」

竜輝石については秘密ではないけれど、グラントリーが子竜に勝手に竜輝石を与えていたことは秘密だそうだ。

「私はひどく叱られたが、美談として伝わっているならそのほうがかっこいいだろう」

そんな理由に、アリーシアは固くなっていた体の緊張が緩み、思わず口元に笑みがこぼれた。

「叱られはしたけれど、親の聖竜はとても感謝してくれた。それに大人たちが気がついた時は、子竜たちは大きくなってしまって手は出せないし、私には懐いているしで大騒ぎだったよ」

さらりと言うが、そこから竜に乗るようになり、また商売を始めるのにどれだけのことがあったのだろう。アリーシアは改めてグラントリーのことを尊敬の目で見るのだった。

一番懐いていて、一番賢いのがショコラだそうだ。ショコラとは南の国の茶色い飲み物の名前らしい。

「ショコラだけかと思ったが、他の竜もアリーシアのことが好きなようだ。不思議だな」

アリーシアも不思議であるが、おかげで憧れの竜の近くに寄れるのでありがたいことだと思う。

だが、それを快く思わない者もいる。

「婚約者だか何だか知らないが、いい気になってちょろちょろするなよ。お前のような、竜が見たいっていう奴のせいでグラントリー様は怪我をしたんだからな」

竜使の候補だと紹介された少年が、アリーシアにすれちがいざまにぼそりと言い捨てていった。

「俺たちはグラントリー様の眼帯の下を見ることが許されているんだぞ」

もちろん、グラントリーには聞こえないようにだ。

確かにアリーシアはグラントリーの眼帯の下を見たことがない。だがそのことで竜使の少年が威《い》張《ば》る理由もよくわからなかった。グラントリーがアリーシアに見せたくないのなら見せないだけの話だ。それのどこに競うような要素があるのか。

とはいえ、理不尽な八つ当たりはバーノン家で慣れていたので、アリーシアはうつむくことで自分を守った。言い返しても叱られる、黙っていても叱られるなら、無駄なことをする必要はない。

「アリーシア！　おいで」

「はい」

それでも悪意は気持ちのいいものではない。アリーシアは急いでグラントリーの元に追いついた。


この一ヶ月、まずはシングレア家の生活に慣れましょうとエズメに言われ、アリーシアは今までとは全然違う日常を過ごしていた。

「事務所で働くのはもう少し体力がついてからですよ」

というエズメに、

「大丈夫です。朝から晩まで働いていましたから」

と返しても、絶対頷いてはもらえなかった。こんなに何もしなくてもいいのかと別の意味で不安になりながらも、アリーシアは初めてのんびりと時間を過ごすということを経験し、ふわふわと地に足のつかない生活をしている。

まず、早起きしても、時間が来るまでは部屋から出てはいけないと言い含《ふく》められている。部屋から出ると働いてしまうからだそうだ。

「目を覚ましても起き上がってはいけません。ベッドで横になっているのですよ」

なぜ横になっていなければならないのかわからなかったが、そのうちお屋敷の図書室を使ってもいいということになると、部屋に本を持ち込めるようになり、朝のベッドの時間は読書の時間に変わった。だが、それもエズメに制限されている。

「どうやらアリーシア様も本に夢中になって時間を忘れるタイプですね。本のせいで寝る時間が減る人もいるんですよ。それはいけません。夜更かししないように、早起きして本を読まないように。エズメには経験がありますからね」

そう言って外のほうを見たエズメはきっとグラントリーのことを思い浮かべていたに違いない。本を読みたいアリーシアが悲しい顔をすると、エズメはにっこり笑った。

「ただし、決まった時間からなら読んでも構いませんよ」

要はゆっくり休み時間を確保すれば読んでもいいらしい。アリーシアが大切に持っている本は、北の国のおとぎ話が書いてある。主に竜と竜にまつわるお話だ。お屋敷の図書室にもおとぎ話の本があって、アルトロフとは違うセイクタッドの話を読むのが今のアリーシアの楽しみだった。

朝と昼は使用人の誰かと一緒に食べ、おしゃべりを聞く。ゆっくりでいいから自分で服を選び、着つけてもらう。二日目、同じ服を着ようとしたらエズメに悲しい顔をされ、それならエズメの言う通りの服を着ようと思ったら、首を横に振られた。

「アリーシア様がご自分で選ぶのですよ。まず鏡をちゃんと見ましょう。アリーシア様はご自分のどこがお好きですか」

アリーシアはめったに見たことのない鏡に映る自分をおずおずと眺めた。バーノン家にいた時は、自分の部屋に鏡なんてなかったし、ジェニファーの髪を結う時には緊張して鏡に映る自分なんて見ている余裕はなかった。

鏡に映るのはやせっぽちの自分。まっすぐな黒髪に目ばかり大きくて、バランスの悪い顔。思わず鏡から目を離してうつむいてしまう。でも、エズメは辛抱強くアリーシアのことを待っている。アリーシアはちゃんと現実を見ようともう一度鏡に向かった。エズメが聞いていたのは、アリーシアがどうみすぼらしいかではない。どこが好きかと聞いたのだ。

「お母様にそっくりの緑の目と、お母様がお父様にそっくりだから大好きと言っていた、まっすぐな黒い髪」

「アリーシア様はそこがお好きなのですね」

アリーシアはこっくりと頷いた。エズメはアリーシアの隣に立って鏡を覗き込んだ。

「こうしてみるとエズメも少しやせたほうがいいかしら。でもふっくらとして優しそうで、エズメもなかなかたいしたものです」

エズメは自分で自分を褒めると、楽しそうにホホホと笑った。

「アリーシア様の緑の瞳も黒い髪もそれはそれは素敵ですよ。それに透き通るような肌に、姿勢がよくてすらりと伸びた手足。さて、この素敵なお嬢さんに似合う服はどれかしら」

エズメの持ってくる服はどれも華やかな色で、アリーシアは気後《きおく》れしてしまいそうになる。

「似合うかどうかだけではなくて、今日の気分で選んでもいいんですよ。晴れているから空の色」

エズメは窓の外を見て肩をすくめた。空は晴れてはいなかったからだ。

「晴れていませんね。ではこの水色の服は、グラントリー様の目の色だから着るでもいいんですよ。でなければ、今にも雪が降りそうな重い空だから、気分を明るくするためのオレンジも素敵。オレンジはセイクタッドの特産ですね」

飛竜便でもよく注文にあった果物だ。アリーシアはそっとオレンジの服に手を伸ばした。グラントリーの目の色と言われると、水色を着るのは少し気後れする。

「では今日はオレンジにしましょう。ジョージがデザートにオレンジを出してくれるかもしれませんよ」

アリーシアの口に甘酸っぱいイメージが広がる。エズメの言う通り料理人のジョージはオレンジを出してくれて、そこからオレンジのドレスはアリーシアのお気に入りになった。

でも、毎日オレンジの服を着るわけにはいかない。次の日思い切って水色の服を選んだら、それはもうエズメがニコニコしたので、水色の服もよく着る服の仲間入りを果たした。

エズメに付いて回って屋敷の間取りを知り、使用人がどう働いているかを見て回るのも日課だ。そして、午前と午後に食事に響かない程度のおやつが出る。夕方には風呂に入り昼間とは違う服に着替えて、夜はグラントリーと一緒に食事をする。もっとも、グラントリーも一〇日おきには飛竜便で出かけてしまうので、いない時には使用人の誰かと一緒だ。

屋敷内はどこへでも行ってよかったから、アリーシアは少しずつ出歩く範囲が広がった。だんだんとエズメにくっつかなくても歩けるようになったアリーシアを、屋敷の誰もが温かい目で見守っていた。

そんな生活が一ヶ月ほど続き、悪意のない生活にも少しずつ慣れた頃、屋敷からそう遠くないところにある竜舎をやっと見学させてもらえるようになったのだ。そしてすぐにまた、グラントリーは定期便のため竜に乗って出かけることになっていた。だが出かける前に、グラントリーは少し困った顔をしてアリーシアの元にやってきた。

「アリーシア。ちょっと面倒なことになった」

「面倒なこと？」

アリーシアはグラントリーの言葉を繰り返した。お仕事のことはわからないけれど、困ったこともちゃんと話をしてくれるのは嬉しい。

「アリーシアが落ち着くまでと引き延ばしていたんだが、この婚約の話を持ってきた王女殿下がアリーシアを城に連れてきてほしいと言い出してね」

「お城」

アリーシアは一応形としては貴族だし、この国には王様がいること、そしてジェニファーがデビューしたのも王城だということは知っている。知ってはいるが、それが自分にかかわってくるとは思ってもみなかった。

「私の婚約者である以上、いずれは社交の場に出なければいけないこともある。だが、アリーシアはまだデビューもしていないし、ゆっくりやっていけばいいと思っていたんだが」

わざわざ言い出すということは、ゆっくりしていられなくなったということなのだろう。

「王女殿下はもうすぐ一八歳の誕生日を迎えられる。それに合わせて、隣国へ輿入《こしい》れすることになるが、その前に私が幸せになるところをぜひ見たいと仰《おお》せでな。迷惑なことだ」

迷惑だなんて、王族に対して言ってはいけないのではないかとアリーシアはドキドキしたが、不思議なことに、普段ならすかさず『坊ちゃま』とお叱りが入るところ、ヨハンもエズメも何も言わなかった。

「アリーシアを一目見れば納得するというのなら、いずれお茶会にでも誘われるだろう。その時は私も一緒だから、心配しなくてもいい。ただ、心づもりだけはしておいてほしい」

「はい」

はいという以外に何が言えるだろうか。

そんな厄介な一言を残して飛竜便の定期便のために飛び立っていった。

「また一〇日間いなくなってしまいますねえ。お寂しいですか？」

アリーシアは少し悩んで首を横に振った。

「ホホホ。坊ちゃまががっかりなさいますね。ホホホ」

エズメは愉快そうに笑ってどこかに行ってしまったが、アリーシアはなぜエズメが笑ったのかよくわからなかった。グラントリーはとてもいい人だが、アリーシアにとってはまだ、婚約者というより、飛竜便の事務所の「若」なのだ。つまり職場の上司みたいなものなので、一緒にいると今でも少し緊張する。

「さ、それではお茶会とやらのために、服を仕立てないとなりませんねえ」

「あんなにたくさんあるのに？」

七日間毎日着替えても余るくらいたくさん用意してもらったのだ。

「あれは普段着ですし、アリーシア様はこのひと月で少しばかりたてよこに伸びておられますからね。一つくらい、ドレスを仕立てておきましょう」

アリーシアは自分の手をかざして手首を眺めてみた。どこが伸びたのか自分ではわからないが、棒のようだった手首にほんの少し肉がついたような気がするのは確かだ。かぼそくて消えてしまいそうだった自分の存在感が増しているような気がして、アリーシアはそれが嬉しい。

そうこうしているうちに仕立ての人がやってきた。この日ばかりはエズメだけでなく使用人のうち若い女性全部が集まってきて、ああでもないこうでもないとアリーシアの服について意見を述べた。仕立ての仕事の人は驚いていたが、

「お屋敷の人みんなに大切にされているお嬢様なんですね」

と張り切ってデザインを考えてくれた。

「まだ成長しそうですから、たくさんは作らないほうがよろしいでしょう。サイズ調整ができるように、ゆとりを多めにとって」

裕福な伯爵家なのだから、一度着ておしまいということもできるだろう。だが、一度に与えすぎるとアリーシアが委縮《いしゅく》してしまうということをエズメも知っていたから、少しずつ慣れさせていこうとしているようだった。

その時強めのノックの音がした。女性は全員アリーシアの部屋に集まっているので、男性の使用人だろう。

「なんですか、女性が真剣に仕立てで悩んでいる時に無粋《ぶすい》な」

近くの使用人がそっとドアを開け、外の人と話すと慌ててエズメのところにやって来た。

「エズメ様、大変です！　招かれざる客が！　いえ、王女殿下がいらしたそうです」

「んまあ。先触れもなしに。しかも坊ちゃまがいない時を狙ってきましたね。いいでしょう。受けて立ちます」

エズメは腕まくりせんばかりの勢いだった。

「アリーシア様は、一番自分が元気になる服に着替えて、この部屋を出ないでお待ちくださいませ」

そしてちゃっかりドレスの話をまとめてしまうと、仕立て屋と他の使用人と共に嵐のように部屋を出て行ってしまった。

アリーシアの手は大好きなオレンジの服に伸びたが、少し悩んで結局手に取ったのは水色の服だった。

「私は、グラントリー様の、婚約者です」

アリーシアがこの屋敷で最初に覚えさせられたことだ。二つあるけど、こっちのほうがずっと大切だよと常々グラントリーに念押しされているので、しっかりと口にできるようになった今は、それがアリーシアのお守りのように心を励ましてくれる。そして不安な時にいつもするように、北の国の本をぎゅっと抱きしめた。そしてそのまま本を開いた。

その本はおとぎ話の本だと母親からは聞かされていた。それなりの厚さなのは、おとぎ話だけれど教科書のようなもので、北の国の子どもはこれで文字と大切なことを学ぶのだということらしい。アリーシアもこの本でしっかりとアルトロフの言葉を覚えたものだ。

「竜……」

アリーシアが竜が好きなのは、この本のせいだ。北の国は北東部に高い山脈が壁になっており、その山脈が水と山の恵みをもたらすのだという。それを守っているのが山脈を飛び交う竜だ。

主にその竜のお話が書いてある。

アリーシアも、父が来なくなる少し前のこと、家の外に出ていて竜が空を飛んでいるのを見た時は驚いて母を庭に引っ張ってきたものだ。今となっては飛竜便の事務所がすぐそばにあったからというのが理由だとわかるが、その当時は普段静かな母も興奮して大喜びだった。

「故郷でもたまに竜が空を飛んでいるのを見たものよ。セイクタッドが聖竜の国だとは知っていたけれど、こんなに身近なものだとは知らなかったわ」

母がこんなに喜ぶのだから、竜はよいものなのだろう。そしてよいものを大事にしている国もきっとよい国なのだろうと、そう思ったのだった。

グラントリーはお茶会か何かに呼ばれるかもしれないが、自分も一緒だからと言ってくれていた。主人がいない時に王女殿下が来てしまったのには驚いたが、グラントリーと、それからお屋敷のヨハンとエズメを信じて待とう。アリーシアは胸に抱えた本をもう一度ぎゅっと抱きしめて、そっと枕元に置いた。

トントンとドアを叩く音がした。

「エズメです。よろしいでしょうか」

「はい、どうぞ」

ドアはノックされるもの、許可はアリーシアが出すもの。それもこの一ヶ月で教わったことだ。入って来たエズメは、怒りなのか少し赤らんだ顔をしており、そしてその目の奥には、アリーシアを心配する色が見える。

「アリーシア様……」

「私が出たほうがいいですか」

エズメは立ち上がったアリーシアの手を両手でぎゅっと握った。温かい手だ。

「王族が来たのに、顔を出さないのかとそれはお怒りで。あの方はいつもこう。いいえ、たとえお怒りでも、グラントリー様になにか影響があるわけではありません。だからアリーシア様が出ないとはっきり言ってくだされればそれでいいんです」

グラントリーがいない今、婚約者としてグラントリーの屋敷に滞在しているアリーシアが今はこの屋敷の主なのだ。いくらエズメやヨハンが有能でも、立場としては使用人に過ぎない。

一ヶ月前、自分の人生にはもうどこにも逃げ出すところがないと絶望していたアリーシアに、居心地のよい場所を与えてくれたこの屋敷の人たちが困るところは見たくなかった。

「私、出ます」

「でもアリーシア様。まず体を作ってからと思い、家庭教師もつけていなかったですし」

つけておけばよかったという、エズメの後悔が感じられた。

「身分の高い方にする挨拶は、二年ほど前に教わりました。なんとか思い出してみます」

アリーシアはエズメの手を握り返し、ドアのほうを向いた。

一時《いっとき》でもジェニファーと一緒に学んだことを思い出そう。だが、一番大切なのは母の教えだとアリーシアは思う。バーノンの家で、どんなに母のことをけなされようとくじけなかったのは、母の気高い優しいあり方を信じていたからだ。母が国もとでどのような家に育ったのかは教えてもらったことはなかった。だが、母は言った。

「アリーシア。あなたは私の自慢の娘よ」

大好きで尊敬する母の自慢がアリーシアなら、アリーシアはたとえ王女の前でも凛《りん》と立てるはずだ。

「私の顔が見たいなら、見て帰ったらいいと思います」

アリーシアのいたずらっぽい表情を見て、エズメはクシャっと笑った。

「そのアリーシア様のかわいいお顔をエズメが最初に見たと坊ちゃまに言ったら、きっと悔しがることでしょうよ」

お茶会用のドレスは今日仕立てることが決まったばかりだ。それなら普段着であっても、恩人であるグラントリーの目の色の服で会いに行こう。その明るい空の色がアリーシアの背を押してくれるような気がした。

「行きましょう」

胸を張って顔を見せに行こう。

アリーシアはエズメに連れられて、場所だけ知っていた応接室に向かった。この屋敷は建てて数年しかたっていないので、新しいが重厚さには欠ける。応接室も貴賓をもてなすというよりは、グラントリーの商売のための部屋であり、実用重視のものだった。

エズメがドアを叩いて返事を待つ。許可を得てヨハンがドアを開け、目に心配そうな色を浮かべてアリーシアを見たので、アリーシアはかすかに頷いてみせた。

「主の婚約者、アリーシア・バーノン嬢をお連れいたしました」

応接室に入るなりエズメが紹介してくれたので、アリーシアは前に教わった通り、深く膝を曲げて頭を下げる。そうして王女が声をかけてくれるのを待つのだが、王女はなかなか声をかける気配がなく、不自然な姿勢にアリーシアが耐えられなくなる前に、ヨハンとエズメが爆発しそうな気配がしたほどだ。

「顔を上げて」

やっと許可が下りた時は、アリーシアの足はガクガクしそうになっていた。それでもそれを悟られないようにゆったりと体を起こすと、そこにはいまいましそうな顔のつやつやとした栗色の髪の若い女性と、ライナーと同じくらいの年頃の男性が椅子に座ってこちらを見ていた。

アリーシアは王女よりも隣の男性のほうが気になった。淡い金色の髪、淡い緑の瞳は母を思い出させる。その男性もアリーシアを見て驚いたように目を見開き、ポツリと口にした。

『巫女《みこ》姫の緑』

巫女姫とは北の国の本に出てくるから、アリーシアでも名前だけは知っている。だが、巫女姫の緑とは何だろう。アリーシアが不思議に思う間もなく、王女がイライラしたように扇を手にパンと叩きつけた。美しい人だが濃い青い目の色は苛烈《かれつ》で、アリーシアは思わず怯んだ。アリーシアにとっては扇は理不尽の象徴である。

「お前。やはり私が見たバーノン家の娘とは違いますね。デビューの時に来ていた金髪の娘はどうしたの」

どうしたのと聞かれても、ジェニファーなら家にいるはずだ。

「姉のジェニファーのことでしたら、バーノン家にいるはずです」

アリーシアは素直に答えた。もしアリーシアが生まれた時から貴族として育っていたら、こんなふうには答えられなかったかもしれない。

「そんなことを聞いているのではないわ！　なぜジェニファーではなくお前が婚約者としてここにいるのかと聞いているのです」

アリーシアはそんなことは父に聞いてほしいと思った。アリーシアだってなぜ自分がここにいるかわからないからだ。

「私は言われるがままにここに来ました。詳しい事情は知りません。父かグラントリー様にお聞き願えればと思います」

「生意気ね」

アリーシアは王女の話しぶりに途方に暮れ、そして悟った。最初から仲良くする気などなく、何を話しても悪いほうにしかとらない人たちのことはよく知っている。この人は義母や義姉と同類なのだ。言い訳をすれば責められ、言い訳をしなくても責められる。それならうつむいて黙っていたほうがまだましだ。

「こんな棒切れのような気味の悪い緑の目の娘がグランの相手だなんて。グランには私が嫁ぐ前に幸せになってほしいというのに」

王女様はグラントリーのことをグランと呼ぶのかと、それだけがアリーシアの心に残った。意地悪な言葉など言われ慣れているから、いまさら傷つけられることもない。だから黙っていようと思っていたのに、つい言い返してしまった。

「グラントリー様は立派な大人です。私が婚約者であろうとなかろうと、ご自分で幸せになると思いますが」

「まあ！　なんてこと」

アリーシアをけなされて食って掛かろうとしていたヨハンとエズメは満足そうに頷きあっている。

「ハハハ。これは彼女が正しい。デライラ殿下、ご紹介いただいても？」

今まで黙っていた金髪の男性が愉快そうに笑うと、すっと立ち上がった。言葉に少し変わったアクセントを感じる。グラントリーも背が高いが、この人はそれよりも背が高く、アリーシアは見上げる形になった。

「仕方がないわね」

立ち上がった王女は優雅に立ち上がってツンと顔を上げた。

「私はデライラ。こちらはアルトロフの使者、大使のアンドレイ・フィオドール様」

「アルトロフ」

思わず口元に手をやったアリーシアは、慌てて姿勢を正した。アンドレイは優雅に腰を折った後すっと上体を起こし、両手を広げた。

『あなたのもとに吹く風が清涼でありますように』

アリーシアは無意識にスカートをつまみ、優雅に礼を返す。

『北の峰の輝きがあなたを包みますように』

よく母とそう挨拶しては微笑み合ったものだ。アリーシアの顔には自然と微笑みが浮かんでいた。

だが顔を上げると王女は目をきりりと吊り上げているし、ヨハンとエズメは呆気にとられた顔をしている。アンドレイだけが愉快そうに口髭《くちひげ》をひねっているばかりだ。

「やはりアルトロフに縁がありましたか」

「母が、アルトロフ出身だったと聞いております」

アリーシアは正直に答えた。

「聞いていないわ。お前の母はこの国の者ではないのね」

「はい」

アリーシアは王女にも素直に返事をした。

「我が国の侯爵家に外国の血が入ることになるなんて。これは問題だわ」

アリーシアは王女の言うことが理解できなかった。その王女自身が外国に嫁ぐのではなかったか。しかも王女の隣にいるのはアルトロフの使者だ。アリーシアやアリーシアの母の血筋を侮辱《ぶじょく》することは、その使者を侮辱することにもなる。

アリーシアはアンドレイのほうに気がかりそうに目を向けたが、アンドレイはよく読み取れない微笑みを浮かべているだけだ。

「王女殿下。うちも婚約者としてアリーシア様を大切にお預かりしている身。そのアリーシア様に答えられない質問をされても困ります。先ほども申しましたように、そのことはバーノン子爵家にお尋ねくださいい。あるいはわが主が帰ってきてから、改めて呼び出していただければと思います」

ヨハンがきっぱりと進言した。王女は肩をすくめた。

「まあいいわ。グランに聞くから」

最初からそうしてくれと、ヨハンとエズメは思ったに違いない。アリーシアにもこの王女様がなかなか厄介な人だということがわかってきた。

「では今日の本題に入るわ」

わざわざアリーシアを引っ張り出しておいて、まだ本題に入っていなかったのにも驚いた。

「竜舎が見たいのよ」

一瞬場が鎮《しず》まったかと思うと、ヨハンが静かに話し出した。

「デライラ王女殿下。年をとると若干耳が遠くなりまして。なんとおっしゃいましたでしょうか」

「だから、竜舎に行きたいの」

ヨハンは大きなため息をつくと、懐《ふところ》からハンカチを取り出し、かいてもいない額の汗をぬぐった。

「よもや殿下は、わが主グラントリー様がなぜ眼帯をつけることになったのかお忘れではありませんよね」

「まったく誰もかれもしつこいわね。いつまでその話題を持ち出すのかしら」

「ようございます。それでは簡潔に申しましょう。無理でございます」

ヨハンはきっぱりと言い切った。アリーシアにもわかる。竜は決して荒っぽい生き物ではないけれど、それでもあの体の大きさでは、ちょっと動いただけでも巻き込まれた人は大怪我になりかねない。だからこそ、グラントリーがいない時に、慣れない人が竜舎に入ってはいけないのだ。もちろん、アリーシアも禁止されている。

「お前。一応この屋敷ではお前が一番身分が上になるのよ。使用人に禁止されたとしても、お前が許可を出せばいいの。さあ」

王女は今度はアリーシアに許可を出すように求めてきた。アリーシアは首を横に振る。

「私も勝手に入るのは止められています。グラントリー様がいないのに、竜舎に入る許可は出せません」

まして他国の大使を連れているのだろうとアリーシアはあきれてしまった。しかし困ったことに、その大使からも要望が来た。

「私の希望なのですよ。アルトロフでは竜は遠くから眺める物であって、こうしてそばで見る機会などありません。数日後にはアルトロフに帰ってしまうので、グラントリー殿を待っていては間に合いませんのでね」

大使がこのように主張しても、駄目なものは駄目なのだ。難しい顔をするヨハンにアリーシアは気になることを尋ねてみた。

「ヨハン、聖竜は見学できないのですか」

「お前、何を言っているの。聖竜は我が国の宝。そうそう見せられるものではないわ」

竜が見たいというアルトロフの大使の希望に、王宮の聖竜は見せられないが、飛竜便の竜ならよかろうと思って連れてきたということなのだろう。飛竜便の竜は、普段でもヴィランの町の上で見ることができるくらいだ。だが、竜使が乗っている竜を遠くから眺めるのと、竜舎の竜を見に行くのは違う。怪我の危険がある以上、王女も、まして外国からの使者など、絶対に竜舎になど入れられない。

アリーシアは少し震える手をぎゅっと握り、きっと顔を起こした。

「少しでも怪我の危険がある以上、許可は出せません。主の留守ならなおさらです。申し訳ありませんが、グラントリー様がいる時においでくださいませ」

こんな時どうすればいいかまでは教わっていなかったアリーシアは、とりあえず深々と頭を下げた。

「融通がきかないわね。もういいわ」

王女はイライラと立ちあがり、さっさと部屋を出て行ってしまった。大使はゆっくりと立ちあがると、アリーシアに挨拶をした。

『春風があなたと共にありますように』

その挨拶にアリーシアも答える。

『大地の恵みをあなたに』

「ふむ」

それなのに大使はすぐには帰ろうとしなかった。

「母君がアルトロフの方だというのならうかがいたい。姓は。素性はお聞きか？」

アリーシアは首を横に振った。母からは家のことは聞いたことがない。

「気がついているかどうか。あなたのそれは貴族の礼だ。しかもあまりにも自然。まるでアルトロフで育ったかのように」

母と二人で暮らしていた幼少の頃は、確かにアルトロフ風に暮らしていたのだと思うが、でもアリーシアはセイクタッド育ちである。そう言われても答えることはできなかった。

「ふむ」

大使のアンドレイはまた髭をひねった。

『また来る』

『歓迎しますわ』

アリーシアの言葉にアンドレイはにこりと笑った。もっとも反射的に言葉を返しただけで、アリーシアはもう二度と来てほしくないような気がした。

「アリーシア様、ご立派でございました」

ヨハンもエズメも見送りのために慌てて王女を追いかけようとしたが、応接室を出る前に一言アリーシアに声をかけるのを忘れなかった。

「ヨハン」

緊張する客ではあったが、いなくなってほっとするより前にアリーシアには気にかかることがあった。許可をと言ったが、王女は許可がなくてもやってしまうのではないだろうか。

「竜舎のほうに、声をかけたほうがよくはないですか」

ヨハンはハッとした顔をして頷いた。

「やりかねませんな。すぐに」

アリーシアもぼうっとしてはいられない。見送りのためにと急いで部屋を出たが、玄関で待つこともせず、王女も大使もさっさと帰ってしまった後だった。ヨハンは慌てて竜舎に連絡に走り、残ったエズメはアリーシアに愚痴《ぐち》をこぼした。

「あのような方だから坊ちゃまがお怪我をしたというのにまったく反省のない。末の王女だからと言って甘やかされすぎですよ」

怪我についてはアリーシアも耳にしたことがある。

「王女殿下をかばって怪我をしたという噂は聞いたことがあります」

「そうなんですよ。うちの子竜たちと違って、聖竜は野生の気性を残していると言います。他の鉱石と同様、竜輝石も山肌に露出しているところはほとんどなく、食事には苦労するようで、竜輝石を好きなだけ食べられるセイクタッドの侯爵家を拠点にはしていますが、世話係と王族以外には懐かないものなのですよ」

王女も王族ではないのかとアリーシアは不思議に思った。

「王族と言っても、世継ぎの王族ですよ。王女殿下は違います。もちろん、王族ですから離れたところから見るぶんにはかまわないのですよ。それなのに近くで見たい、できればさわりたいなどと言い出したらしく、たまたまお世話係として来ていた坊ちゃまが怒った竜からかばう羽目になったんです。それを懲りずにまあ」

憤慨《ふんがい》するエズメだったが、竜たちはアリーシアには優しかったので、怒った竜というのが想像できなかったのは確かだ。

ヨハンが息を切らせて戻って来たのはだいぶ後のことだった。

「使いは若いものに任せたんですが、やれやれ、アリーシア様の言う通りでした」

ヨハンは苦々しげだ。

「若い竜使が押し切られそうになっていましたよ。アリーシア様より長く坊ちゃまと仕事をしているというのに、情けない」

アリーシアに悪意を向けたあの少年だろうかと思わず顔を思い浮かべた。

「そもそも飛竜便の事務所の前にドスンと着地するような竜たちですから、竜など町ではいくらでも気軽に見られます。事前に連絡していただければいいのだと、大使にはお伝えしましたが。あの方もなにを考えていらっしゃるのやら」

確かに腹に一物《いちもつ》ありそうな感じがした。

「坊ちゃまが帰ってくるまであと五日。竜舎の警備を増やしましょう。困ったものです」

エズメにはグラントリーがいなくても別に寂しくないとは言ったが、実際には屋敷全体がいつもより広く、なんとなく寒々しいような気がするアリーシアである。

しかし定期便の仕事で出ているので、早く帰ってきてほしいと思っても帰ってくることはない。それなのに、王女来訪から四日後、城から使者がやって来た。明日、デライラ王女殿下とアルトロフの大使が竜舎の見学に来るというのだ。正式な申し入れであるから、よほどのことがない限り断ることはできない。

「グランの帰国に合わせてわざわざアンドレイ様はアルトロフに帰るのを遅らせてくれたのよ。それに応えないわけにはいかないわね。事前に正式に許可をとれば文句はないでしょう」

要約すると王女の言葉とはこのような高笑いが聞こえてくるような内容で、屋敷は騒然となった。飛竜便の事務所は外れであるといえ、町の中にあり、町の人はしょっちゅう見ているではないかということらしい。

「準備する時間があるのは助かりますが、坊ちゃまが帰ってくる当日、竜たちも疲れているところでこれはきついですね。ライナーと残された竜使を呼びましょう」

グラントリーには当日話さなければならない。今屋敷に残っているもので綿密に計画を立てねばならなかった。アリーシアはこの屋敷に来て以来、敷地の他は一歩も外に出ていない。面倒くさい事態になったとしても、久しぶりにライナーの顔が見られると思うと、不謹慎かと思いながらも、少し心が弾むような気がした。

王女の言っていた通り、婚約者として勉強の身であっても、この屋敷ではアリーシアの身分が一番高い。自分がいていいのかと思いながらも、明日のための話し合いに参加することになり、応接室の椅子に置物のようにちょこんと腰かけている。

ライナーはアリーシアを見ると明るい笑顔を浮かべたが、出てきた言葉はなんともたどたどしいものだった。今のアリーシアには敬意をもって接するというのがなかなか難しいようである。

「アリーシア、様。元気、お元気でしたか」

「はい。皆さんによくしてもらってます」

「だろうな。ちょっと肉がついたか、いてっ」

「ライナー、言葉遣い」

そっくりかえって座っていたライナーはヨハンにたしなめられている。

「悪かったって。顔色もいい。よかった。早く事務所で仕事ができるように、いてっ」

アリーシアに敬語を使うのを慣れていないライナーは再び拳骨を落とされていたが、アリーシアは自分がやりたいといったことをきちんと覚えてくれていることに心の中で感謝した。

もう一人は竜使だったが、アリーシアに嫌なことを言った少年ではなかったことにほっとする。

この間は会えなかったが、グラントリーと同じ年で副官のようなことをやっているそうだ。

「竜はおとなしい生き物です。と言うより、縄張りを侵されない限りおとなしい。だが、いったん縄張りの中に入ってきたら追い出そうとする。つまり、むしろ竜舎の外なら大丈夫なんです」

だから町の中では大丈夫だったのかとアリーシアは納得する。

「ですから、竜を竜舎の外に出して見せましょう。そうすれば、見知らぬ人がよほど近寄らない限りは大丈夫です。なんといっても、知らない人ばかりの外国に行っても平気で、人に怪我をさせたことなどないんですからね」

竜使の人の言葉はアリーシアを安心させるように力強かった。

「ただ、王女殿下にしろ外国の使者の方にしろ、万が一にも怪我はさせられません。ましてグラントリー様の屋敷で何かあってはなりませんからね。警護の人数を増やし、一定の距離を保って見てもらうつもりです」

それだけのことなのだが、やはり急に来られても対応できないのだそうだ。

「あのわがまま王女が、一度怖い目を見たはずなのに全く反省しないんだ。使者も使者だ。北の国アルトロフが竜の棲む国だと言い張るなら、自分の国で竜を見やがれ。いてっ」

「ライナー」

「なんだよ。アリーシア様に無礼は働いてないだろうが」

ライナーがまたヨハンに叱られているが、アリーシアはほっとした。もっとおおごとになるのかと思っていたのだ。

「明日は一旦事務所を閉めて、竜に慣れてるうちの事務員もこちらの手伝いに入る。アリーシア様は王女殿下と使者を連れて、若と一緒にしずしずと竜舎まで来ればいいさ」

「はい」

アリーシアはよく知っているライナーに保証されて心の底からほっとした。


次の日、まだ新しいドレスが出来あがっていないアリーシアは、水色の普段着を着てグラントリーの帰りをそわそわと待ちわびた。王女殿下に同じ服で会うわけにはいかなくて困ったが、色合いとデザインが少し違う水色の服がいつの間にか増えていたので、それを選んだ。

いつも定期便からは午前中のうちには帰ってくるということで、王女の訪れは午後遅い時間にしてもらっている。しかし、昼を過ぎてもグラントリーの帰ってくる気配はなかった。

それなのに、王女は約束の時間より早くやって来た。

心細かったが、勇気を出して迎えに出ると、

「王族を迎えるとは思えない格好ね」

と、案の定ひとしきり嫌味を言われたが、ないものは仕方がない。

大使とは相変わらず丁寧な挨拶を交わしたが、今日は竜に気持ちがいっているのか意味深なことを言ってくることはなかったので、それもアリーシアをほっとさせた。

アリーシアだって母の実家がどんなものか知りたい気持ちはある。だが、あんなにアリーシアや父を大切にしていた母が家族について話さないということは、きっと言いたくない事情があったと

思うのだ。母が言わなかった以上、知らない。それでいいと思っている。

「グラントリー様はまだ帰っておりません。グラントリー様に合わせてのことですから、それまでもう少しお待ちくださいませ」

ヨハンも引かずに頑張ったが、さすがに夕方近くなってしまって、王女が怒り始めた。

「我らがしっかり守りますゆえ、何とか」

という王女に付いてきた護衛たちの願いに、ヨハンもしぶしぶ折れたのだった。

ライナーも竜使たちもヨハンもいる。頼れる人がいるから、アリーシアは落ち着いていられた。

アリーシアと商会のライナーが先導する形で、王女と大使のアンドレイと護衛を竜舎に案内する。

といってもこの間勝手に竜舎まで行ったようだし、本当なら案内しなくても場所は知っているのだろうと思うと、形式を守ることがほんの少し馬鹿馬鹿しくなる。

連絡がいっていたのか、竜舎の前には少し離れたところからでも竜が並んでいるのが見えた。今回定期便に出ているのは五頭なので、残っている四頭すべてが並んでいる。もちろん、休みの竜使にも出てきてもらっているので、竜使と竜使見習いも竜の横に立っている。それを取り囲むように、警備担当の者も何人もいた。

物々しい様子だが、面倒だという気持ちは毛ほども感じさせず、ピシッと整列している皆はさすがと言えた。

「ブブッフッフー」

一頭の竜がアリーシアのほうを見て鼻息を吐いた。

「しっ。お利口にな」

そして竜使に小さな声で注意されている。緊張した空気がほんの少し和《やわ》らいだ。

『おお！　こんなに間近で竜に会えたのは初めてだ。孤高であるはずの竜が、集団で人の元にいるなどと、私は夢を見ているのか』

アルトロフの使者のアンドレイが突然膝をつくものだから、竜たちは驚いたようだった。

「ブッフフフー」

あの男は大丈夫かと心配している様子がおかしくて、アリーシアは笑みを浮かべた顔を隠すのにうつむかねばならないほどだった。だがそれほどアルトロフという国では竜が大切にされているということなのだろう。だとすれば、グラントリーがいないからと断っても、竜を見に来たかったという気持ちもわかるような気もする。

「近くで見たのは初めてだけれど、この竜たちは聖竜に比べるとずいぶん小さいのね」

一度聖竜のそばで怪我をしかけたというのに、まったく竜を恐れていないようすの王女はある意味豪胆である。

「ねえ、そこのあなた」

いきなり話しかけられた竜使は驚いて固まってしまった。

「竜使は竜の背中に乗れるはずよね」

この発言を聞いて不安に思わなかった人がいるだろうか。皆の予想通り王女はこう続けた。

「乗ってみたいわ」

「無理です」

竜使の一番年上の者が即答した。昨日アリーシアを安心させてくれた人だ。

「殿下もご存じのように、誰でも竜に乗れるわけではありません。竜使になるものは、竜が乗せてもいいと思った者だけです。竜使に憧れ、志望する者はたくさん来ますが、合格するのはほんのわずかです。まして」

言いかけて竜使はゴホンと咳払いをした。聖竜を怒らせたあなたには無理でしょうと言いかけたのは、本人以外には伝わった。

「私だけじゃないわ。大使のアンドレイも竜に会えてこんなに感動しているのよ。せめて彼を乗せてあげられないかしら」

『おお！　滅相《めっそう》もありません。竜に乗るだなどと、そんな』

アンドレイは思わずアルトロフ語で断ったが、王女はにっこりと頷いた。

「ほら、このように言っているわ。なんとかならないかしら」

「あの」

動揺して声も出ない様子のアルトロフの大使の代わりに、アリーシアが声を上げた。心臓はドキドキしているが、ここはちゃんと伝えたほうがいい。

「アンドレイ様は、滅相もありませんとお断りしています。そうですよね」

「あ、ああ。そのとおりです。竜の姫。焦ってアルトロフの言葉になったことをおわびします」

アリーシアが肝心のことを告げてくれたことで落ち着いたのか、アンドレイの言葉がセイクタッド語に戻った。

「我が国では竜は孤高の者、群れぬ者なのです。こうして四頭一緒にいて争う気配もない、そのことに驚きのあまり動揺してしまいました」

アンドレイは胸に右手を当てて軽く礼をした。

実はアンドレイにも警戒していた屋敷の人たちは少し緊張を解いた。王女と違って理不尽なことを言い出さなくてよかったと思いながら。

「我が国にもセイクタッドの飛竜便が来るようになった時、民がどれほど驚いたことか。竜を見るためだけに商いをしているのではないかと思われる商人さえおりますよ」

「そう。私にとっては身近で特に珍しいものではないけれど」

王女はそう言うと、すたすたと竜のそばにやってきた。

護衛が慌てて後を追い、竜使はといえばすっと王女の目の前に出た。それ以上近寄らせないためにだが、それでも十分近いように見えた。そこで王女が満足してくれればいいがと周りは期待した。

「それ以上は危険です」

「おとなしいと聞いたわ」

「おとなしい竜でも、これだけ大きければ、ただの一歩で人が怪我をすることもあり得るのです。警護の者。殿下を竜から離れた所へ連れていってくれ」

慌ててついてきていた護衛が王女にうやうやしく下がるよう促すと、王女は言うことを聞くそぶりで横に一歩大きく動くと竜に手を伸ばした。

「ブブッフッフ？」

竜はアリーシアにもやるように首を動かした。もちろん、お世話する竜使にもよくやっていることだが、まず鼻息をあてて反応を確かめようとしているのだ。

後で思い返してみると、そこからはほんの短い間の出来事だったとアリーシアは思う。手を伸ばしたくせに、王女は近づいてくる竜の大きな頭に恐怖したのか、

「いやっ！」

と大きい声を上げ、一歩下がって手を振り回した。その声を聞いた護衛が王女を守ろうとつい剣を抜いてしまったのがそもそもの原因だった。

それを見て驚いた竜が整列していたところから一歩下がったのだが、下がる時にバランスを取るために翼を広げ、ばたつかせた。その竜の驚きが他の竜に伝染し、四頭の竜すべてが飛び立ちこそしないものの、焦って翼をばたつかせながらうろうろとする羽目になってしまった。竜の翼は竜の体にたいして決して大きくはない。だがそもそもが大きい生き物のばっさばっさという翼の音は慣れない者たちに恐怖をもたらした。

その時、別のほうからも翼の音がして、ドスンドスンという竜の着地音と共に、グラントリーの声が聞こえた。

「王女たちを連れて離れろ！」

帰って来たのだ。一瞬ほっと安心した空気が流れたが、その空気を切り裂いてグラントリーが叫ぶ。

「早く！」

身分の高いこの二人がこの場からいなくなれば、竜に慣れた者たちでなんとか落ち着かせられる。北の国の使者はそもそも竜に近づいておらず自主的に離れてくれたが、王女は恐怖でしゃがみこんで頭を抱えてしまっていた。

「担いでしまえ！」

なんとか王女の手を引こうとしている護衛にグラントリーが怒鳴った。護衛の力なら、確かにそのまま抱えて走ったほうが早い。しかし、王女は恐慌《きょうこう》状態で暴れているので警護の者も持ち上げられずにいる。身分の高い者に安易に手を触れられないという慣習が仇《あだ》になってしまっていた。

竜は人をよく覚えている。竜と馴染《なじ》みのある者は皆竜を落ち着かせようと走っていき、そうでない者もすぐそばで手伝えることがないか探して一生懸命だ。アリーシアは一人少し離れたところからそれを眺めているしかなかった。しかしその分、近くにいる人より全体が見えていたとも言える。

王女は初めの場所から動いておらず、竜に背を向けており、護衛は王女しか見ていない。護衛が二人がかりで運ぼうとしているところに、興奮して周りの見えなくなっている竜が近づき、飛び立とうとでもするように翼をばたつかせているのが見えた。竜使もグラントリーも竜を落ち着かせるのに必死ですぐ近くが見えていないようだった。あのままでは竜に巻き込まれてしまう。

アリーシアの足は自然に動いていた。意地悪な人だけれど、怪我をすればいいなどとは思えなかった。怪我は痛い。どんなものでも。アリーシアの頭の中に義母と義姉の扇が浮かんで消えた。

「アリーシア様！　いけません！」

ヨハンの叫びは届かず、伸ばした手はアリーシアをつかみ損ね、アリーシアはそのまま王女のところへ滑り込み、その背に覆いかぶさるようにぎゅっとしがみついた。

「なにをする！」

護衛が叫び、王女が身をひねろうとしたその時だ。

「うわっ」

という声と共に王女を運ぼうとしていた護衛が翼で弾き飛ばされ、無防備になった王女をかばうアリーシアの背に竜の翼がかすった。

「あーっ」

竜の翼は羽毛ではなく、硬い皮膜だ。軽くかすっただけなのに、ビリッという音と共にアリーシアの服ごと背を切り裂いた。

優しく頭をポンポンとしてくれたアリーシアの声を竜たちは覚えていた。アリーシアの悲痛な叫び声は竜たちの動揺をおさめ、一頭、また一頭と動きを止めた。そのまま各自がゆっくりと翼を畳んでいく。

王女は自分に力なくもたれるアリーシアの体の下から自力で抜け出した。アリーシアの体が支えを失い、ずるりと地面にくずおれた。

「ひっ」

おそるおそる振り返った王女は、アリーシアの服が斜め一文字に切り裂かれているのに怯み、そしてそこからジワリと血がにじむのを見て蒼白になった。そしてその傷をまるで模様のように囲ん

でいる無数の傷跡にも気がつき目を見開いた。

「いやっ！　気持ち悪い！」

「恩人に何を言うか！　早く連れていけ！」

グラントリーは王女と王女の護衛に怒鳴ると、急いで上着を脱いでアリーシアの背を隠した。傷には決して触れないようにしながら。

「医者を！　そして清潔な布を！」

万が一にでも事故が起きないようにと準備したつもりだった。

「アリーシア！」

だが肝心の主の婚約者を守れなかった。

「アリーシア！　しっかりしろ！」

何とかなるだろうという慢心が、最悪の結果をもたらしたことを屋敷の者たちは知ることになる。

第六章　傷のある娘

幸いにも、服越しだったためかアリーシアの背の傷は深いものではなかった。だが怪我のせいでその夜から熱を出した。

アリーシアの治療にあたったのは、グラントリーの実家の侯爵家お抱えの優秀な医者だ。グラントリーの顔の傷の治療にも当たってくれた人だという。

「血がにじんだのと、傷が大きいせいで焦ったかもしれないが、縫う必要がないほど浅い傷だよ。だが、きれいに切れたものではないから、かわいそうだが跡が残る。もっとも、この傷一つ増えたところでどうということはないかもしれないが」

グラントリーに向かってさらりと言われた診察結果はいたましいものだった。

「その傷跡は、この家に引き取ることになったきっかけでもありますから、私も一部ですが見たことはあります。そんなにひどいものですか」

「背中と腕。それを見たからこそ気づいたが、頬にも跡が残っているよ。形から見て、角のある棒状のものでやられている。おそらく扇、だろうな」

「あの義母と義姉か」

グラントリーはやるせない気持ちで、アリーシアと再会した時のことを思い出した。倒れるほどにコルセットを締めつけさせ、倒れてからは手も貸さなかった家族。

「おそらく熱が出るだろうから、水分をとらせるのを忘れないように」

医者はそう言って帰っていった。

「エズメ。知っていたか」

「ええ、坊ちゃん。お風呂のお手伝いをするのは私ですからねえ」

「アリーシアは……知っているのか？」

エズメは首を横に振った。

「腕の傷は気にしていらしたようですが、鏡すらほとんど見たことがなかったようです。背中に傷跡があることは知っているでしょうが、あれほど跡になっているとは思っていないかもしれません」

エズメは布団にうつぶせで横たわるアリーシアを見ながら、行き所のない気持ちをぶつけるかのように、片付けていた服をぎゅっぎゅっと揉んだ。

「そういえば、迎えに行かせたライナーが、アリーシアの部屋にはベッド以外は何もなかったと言っていたな。人ひとりが入るのが精一杯だったと。鏡などあるわけないか」

「こんなに素直で賢くてかわいらしい子に、どうしてそんな仕打ちができるんでしょう。いまどき町の娘だってもっとおしゃれをしていますよ。ましてや暴力を振るうなどと」

あまりにぎゅうぎゅうと服を揉むものだから、アリーシアの服はしわしわだ。

「今回の殿下のしでかしたことといい、皆、自分勝手が過ぎますよ」

「そもそも私に自分の幸せの価値観を押し付けてきたのも殿下だからな。あの迷惑王女め」

なぜ今日に限って帰りが遅くなってしまったのかと後悔しても遅いのだが、途中の風が強くて飛び立つのを待った時間がくれぐれも悔やまれてならない様子である。

「坊ちゃま。無理をして怪我でもしたら、自分のこと以上に心配するお方ができたのですからね。余計なことを考えてはいけませんよ」

グラントリーの葛藤はエズメにはお見通しだった。

そして今まで自分のことだけを考えて自由に動いていたグラントリーが、アリーシアのために時間を使うことを決して面倒とは感じていないことに安堵《あんど》もした。

次の日、アルトロフの大使からは、竜が見たいとわがままを押し通したことの謝罪とアリーシアへのお見舞いが届いた。だが、王女からは何もなかったのでグラントリーが城へ乗り込んだ。

結果として、城の帰りにすぐに屋敷に戻る気になれず飛竜便の事務所に寄ったグラントリーは、ライナーに鬱憤《うっぷん》をぶつけていた。

「自分が怪我をしたことはいい。男にとって顔の傷くらいどうということはない」

「もてなくなったくらいだな、若」

「だが、婚約者にまで同じ経緯で怪我をさせるとは、反省がないにもほどがある。うら若き女性に怪我をさせた責任についてどう考えるのかと、王にははっきり言ってきた」

もともと侯爵家は王族とは親しい家である。デライラ王女は顔の怪我以外にも幼い頃からグラントリーにさんざん迷惑をかけてきたので、このことに関しては王には強く出れる。

「もうすぐ嫁入りだからおおごとにはしないでほしいそうだ。アリーシアには保障は出すと言質《げんち》は取って来た。財産があれば家に戻されるという心配もなくなるだろうから、よかったよ。それから飛竜便についても影響はない」

「それは助かったぜ」

ライナーも肩の荷が下りたような顔をした。

「アリーシアはどうだ？」

「まだ熱が下がらない。が、大きな怪我をしたらそういうものだと先生が言ってたから、じきに落ち着くだろう」

その言葉を聞いたライナーが突然立ち上がった。

「待て。若。今、先生って言ったか」

グラントリーが驚くほどの勢いだ。

「先生って、医者のことだよな」

「ああ、そうだが」

「アリーシアだ」

突然アリーシアと言い出したライナーにグラントリーは怪訝《けげん》そうな目を向けた。

「子爵家に行く前のアリーシアの暮らしだよ。調べても不思議なほど何も出てこなかっただろう。特に母親については。もう一ヶ月も調べさせてるって言うのに」

「そうだな。金髪に緑の瞳の明るい人。貴族の囲われ者。めったに外に出てこない。アルトロフの人らしい。このくらいだったな」

「アリーシアについてはもう少し詳しく調べられた。やはり家の状況が変わっていたせいか、目の色が緑だったせいか、目立っていたらしいからな」

前髪に隠れてさえいなければ、あの明るい緑色の目はそれは目立つだろう。幼い頃愛らしかっただろうアリーシアを想像し、グラントリーは口元が緩みそうになったが、今はそれどころではないと気を引き締めた。

「アルトロフ語とセイクタッド語の混じる片言だったアリーシアが次第に流《りゅう》ちょうにセイクタッド語を話すようになっていった様子とか、よく買い物や手伝いをしていたこと、そして物を売り払っていたことから、お金が必要になったようだというところまでは調べられた。そしてそれはこの事務所で働いていた時期と姿と一致した。だが、それだけだ」

ライナーはイライラと歩きまわった。

「アリーシアはここに来てた時言ってたんだよ。母親を医者に見せても、病気じゃないから、栄養のあるものを食べさせなさいって言われたって」

グラントリーも思わず立ち上がった。

「医者か！」

「そうだよ。ここらへんの町医者に聞きこんだらいいんだ」

行き詰まっていた調査だったが、道が開けるかもしれないという気づきはグラントリーの心を少し明るくした。

期待を抱えたまま、アリーシアの熱が下がるのを待った。飛竜便の仕事は少し休むことにしている。グラントリーがいなくてアリーシアが寂しがるといけないからだ。


三日後に熱が下がったアリーシアはやっと意識がはっきりしたが、最初の一言はこれだった。

「王女殿下に、お怪我はなかったですか？」

「大丈夫でしたよ。アリーシア様のおかげです」

「よかった」

アリーシアは自分が痛いのは我慢できるが、人が痛い思いをしているのはつらいと感じてしまう。

エズメは首を横に振って、そんなアリーシアに悲しそうな顔を向けた。

「アリーシア様、あの方が無茶をしたせいでアリーシア様がお怪我をしたのです。それなのになぜそんな」

「私は、痛いのは慣れているから。慣れていないと、きっとつらいと思うんです」

エズメはその言葉のいたましさになんと返していいのかわからなくなってしまったようだった。

「アリーシア！　目を覚ましたか」

「グラントリー様。っつ」

アリーシアは起き上がろうとしてまたぽすりとベッドに倒れこんでしまった。傷は深くはなかったとはいえ広範囲にわたっており、熱が出るほどだったのだから、未だに痛みは取れていなくて当然だ。

「ちょっと我慢するんだ」

グラントリーはアリーシアの布団をさっとはがすと、横向きに転がして足を曲げさせ、さっと上体を起こしてくれた。アリーシアが抵抗する間も、痛いと感じる間もなかった。

「あ、汗が、その」

痛みよりも恥ずかしさのほうが強くて、アリーシアは腰を支えているグラントリーに手を突っ張って距離をとろうとする。だがグラントリーはその抵抗をものともせず、アリーシアを間近でひたと見つめた。

「アリーシア。たとえ他の人を守るためでも、こんなことを二度としてはいけない。わかるね」

アリーシアは視線をそらして、うつむいた。心配してくれる人の気持ちはわかるが、また同じことがあった時、自分がどうするか約束はできなかったからだ。

「だけど、痛いのは嫌なんです。他の人が苦しむくらいなら、自分が苦しんだほうがいいもの」

アリーシアの脳裏に浮かぶのは、王女のデライラではなく母親だった。いつだって何もできない自分が歯がゆくて、そのつらさを代わってあげたいと思ったものだった。

そんなアリーシアをグラントリーは腕で囲うようにしながらそっと揺すった。

「婚約者殿が苦しむくらいなら、自分が苦しんだほうがいい。アリーシアには痛いと思ってほしくない。私がそう感じているとは思わなかったのか?」

アリーシアはハッとして顔を上げた。エズメもヨハンも、グラントリーの後ろで頷いている。アリーシアが熱を出している間、汗を拭いて、水を飲ませ、心配して声をかけてくれた人がいたではないか。でも、長い間心配などされたことのなかったアリーシアには、なぜ自分のことを心配してくれるのかよくわからなかったのだ。

今一つ理解していないアリーシアに仕方がないなという顔をしたグラントリーに、エズメが部屋を出ていくように促した。

「なんでだ。私がこうして支えているから、その間に体をふいたり着替えをさせたりするといい」

「坊ちゃま」

エズメが腰に手を当てた。

「レディの着替えですよ」

「レディ？　ああ」

グラントリーはレディとは誰だという顔をしたが、腕の中で赤くなっているアリーシアを見て、慌ててヨハンと共に部屋を出ていった。

「坊ちゃまもまだまだですね」

肩をすくめるエズメに笑いを誘われるアリーシアだったが、そっと自分を抱きしめた。

エズメはレディ扱いしないグラントリーを嘆いているが、アリーシアはそれはどうでもいい。それより、まるで壊れ物か何かのように、あるいは大切なものであるかのようにそっとグラントリーの腕に囲われたことに心を動かされていた。

体はギシギシしたが、ずっと寝ていたアリーシアにとっては、背中の痛みよりも、体を起こすことのほうが気分がよかった。

「怪我で熱が出るなんて、まあ。エズメは長い間生きてきて坊ちゃまが怪我をした時くらいしか経験がありませんよ。アリーシア様、体はおつらくはないですか」

エズメが傷を避けて体を拭いてくれる。

「私はこれで二度目ですが、今回のほうがずっと楽です」

アリーシアは案外丈夫でめったに熱など出さなかったが、さすがに一度目はつらかったのを思い出す。

「あらまあ。アリーシア様、このお背中の傷ができた時ですか」

エズメの声があまりにも普段通りだったので、アリーシアもなんの警戒もせずに答えた。

「やっぱり残っていますか。触ったらなんとなく跡があるのはわかるんですが」

鏡でわざわざ背中など見たことはなかったので、アリーシアの声には特に悲しさもつらさもこもっていなかった。腕の傷跡は目でも見えるから、それが背中にもあるのだろうなと思っているだけである。

「あの時はものすごく熱が出て、奥様がそれでも働けって言って。とても動けるような気がしなかったけれど、このまま働かせたら死ぬと家令が言ってくれたから、なんとか生き残れました。そうそう、それをきっかけにお休みももらえるようになったんです」

話してみるとそれだけの出来事であった。

「お休みはいいですよねえ」

背中から聞こえるエズメの声はなんとなく変な感じがしたが、お休みをもらえたことを喜んでくれている様子が伝わってきてアリーシアは嬉しいと感じた。

「お休みの日は奥様とお嬢様に見つからないように隠れていたので、ご飯もあまり食べられなかったけれど、叩かれて嫌味を言われるよりはずっとましですから」

叩かれて怪我をした跡を見られたせいか、いつもは言わないことまで言ってしまっていた。エズメはなるほどねえと返事をしながら、手早く体を拭き終えた。

「さ、拭いたら傷の手当てをしますよ。今度の怪我は少し跡は残るけれど、浅かったので、すぐに治るそうですからね」

「ありがとうございます」

薬を塗り直し、包帯をきちんと巻き直してもらうと、アリーシアはまたうつぶせに横たわった。

「あの、竜たちは大丈夫ですか?」

「ええ、ええ。貴重な生き物ですからね。そもそも悪いのは王女殿下ですし、おとがめはありませんでしたよ」

アリーシアは今度こそほっとして、また眠りについた。

廊下ではグラントリーがうろうろとエズメを待っていた。

「アリーシアは」

「手当ても終わってまたお休みになりましたよ」

休んだなら大丈夫なんだろうとほっとする気持ちと一緒に、もう一度顔を見られないのが寂しい気持ちが顔を出してグラントリーは自分の心を少しばかり持て余した。アリーシアを抱え起こした時の温かさがまだ腕に残っているような気さえする。その気持ちをごまかすかのように上着のポケットから色とりどりの飴を取り出し、手のひらに広げた。

「これをお土産にと思ったんだが、寝てしまったか」

「あら、これはきっとお喜びになりますよ。枕元に置いておきましょう」

エズメは静かに部屋に入ると、すやすや眠るアリーシアの目の届くところに飴をそっと置いた。

グラントリーもドアの隙間から顔を出してみたが、苦しそうでもないのでほっと胸をなでおろした。

もっともレディの寝顔を見るとは何事かとエズメには叱られたが。

「それはともかく、坊ちゃま。少しお話ししたいことが」

「ああ。時間はある」

エズメと共に自分の部屋に向かおうとしたグラントリーだが、玄関のほうでガヤガヤと人の気配がする。

「なんだ」

そのグラントリーの元に使用人が急いでやって来た。

「ライナー様がいらっしゃいました。例の医者を見つけて連れてきたとのことです」

「なんだって！　エズメ。一緒に来い」

「はい、坊ちゃま」

玄関でライナーと合流したグラントリーは、医者というには少しくたびれた印象の男を応接室に招いた。男の目には警戒するような気配が感じられたが、その最初の声はこれだった。

「この屋敷に本当にアリーシアがいるのか」

「ああ。今は怪我をして休んでいるが。私の婚約者だ」

グラントリーが力強く保証してみせれば、その視線からは警戒が抜けた。

「あんたの婚約者。そうか。飛竜便の所長の言うことだから間違いはないとは思ったが」

飛竜便は町の者にも人気だ。自分が警戒されたことは心外だが、飛竜便の人気ゆえに警戒を解いてもらえるならそれに越したことはないとグラントリーは思った。

「それで、アリーシアとその母親のことなんだが」

ライナーがさっそく尋ね始めた。

「アリーシア自身が母親のことを何も聞いていないらしいんだ。近所で調べてみても、やはり何もわからない。あんた、アリーシアのところに診察に言ってたんなら、何か知っていることはないか」

「その前に、アリーシアが父親のもとで幸せだったかどうかを教えてくれ」

医者はグラントリーをまっすぐに見た。その目は、アリーシアのことを心から気にかけている目だった。そして、言葉に詰まるグラントリーの様子を見て、首を横に振る。

「やっぱりな。あの野郎、セシリアの死に際に頼まれたことを無視しやがって……」

医者が悔しそうに膝の上でこぶしを握った。そのこぶしに目をやり、この医者には事情を話してもいいだろうとグラントリーは判断した。

「今回の件、元々はアリーシアの姉との縁談だったが、顔に傷のある男は好みではなかったらしくてな。妹のアリーシアはどうかという話になった」

グラントリーは無意識に眼帯に手をやりながら口元をゆがめた。

「そうまでして縁を結びたいと思うほどの家ではなかったが、アリーシアをあの家からは引き離さなければと、思わず行動してしまうほどに不遇な扱いだった」

グラントリーは正直に話した。

「なら、アリーシアを幸せにしてくれる気はあるんだな」

「もちろんだ」

そこでやっと力を抜いて医者は話し始めた。

「あの子に呼ばれて初めて母親を見に行ったのが、おそらく母親が亡くなる半年ほど前のことだと思う。弱って寝ついていたが、何かの病気というわけではなく、強いて言うなら気候が合わなかったのと、無気力、と診断した」

「無気力、とは?」

グラントリーはいぶかしげに聞き返した。

「言葉通りさ。生きる気力がなかった。暑さに弱いらしく、食欲がないまま痩せてしまったが、希望があればまた食欲も戻っただろう。だが、最愛の旦那が一年以上会いに来ない、しかも生活費も来なくなったらしくて、もう捨てられたと思ったんだろうな」

医者は肩をすくめた。

「娘のために頑張れと励ましたが、よほどあの旦那が大事だったらしくてな。そうそう診察代も用意できるものではないが、アリーシアは頑張って用意して、ちょくちょく呼びに来た。そのたびに家の中の物は減っていき、あの子の腕は細くなっていった。俺を呼ぶより、そのお金で少しでも母親と自分が食事したほうがいいと言ったんだが」

グラントリーはその話を聞いてのどの奥が詰まるような気がした。なんのことはない、あの子爵家に行く前から、アリーシアが我慢する生活は始まっていたのだ。

「すまないが、母親についてはアルトロフ出身だということ以外はまったく知らないんだ。ものすごく上品な人で、本国では貴族か相当のお嬢様だったんだろうなということは感じたが」

「その情報はかなり価値がある。つまり、しぐさや話し方か？」

「ああ。ゆっくり丁寧で、少し癖のあるセイクタッド語を話す。穏やかでしとやか。自然に敬語が出てくるような人だったよ」

グラントリーとライナーは顔を見合わせて頷いた。

「旦那のほうはどうなんだ？」

「旦那か。ハロルド・バーノン。子爵」

医者は吐き捨てるように言った。

「俺は最期の瞬間に立ち会っただけだ。苦しんでいるから何とかしろと引っ張り出されて、普通なら断るところだが、患者がセシリアときたら行かないわけにはいかないだろ。俺の患者なんだし」

町で貴族相手ではない医者をやっているということは、そもそも貴族によい印象を持っていないのだろう。

「セシリアは衰弱してもう命の火が消えそうだった。それなのに旦那が帰ってきて嬉しそうに微笑んで。旦那は旦那で、衰弱して見る影もないセシリアをそれは大事そうに抱きかかえて。まるで仲のいい恋人同士のようだったよ。それならなんで二年も金を渡さずに放っておいた？」

その問いには誰も答えられなかった。

「その時アリーシアが帰って来たのさ。嬉しそうに、銀貨と飴を握りしめてな」

医者は自分の手のひらをじっと見つめた。

「その時、あいつが何をしたかわかるか？　久しぶりに再会した娘が母に駆け寄ろうとするのを突き飛ばしたんだぞ。アリーシアは部屋に転がって、その拍子に銀貨と色とりどりの飴が床に広がってな」

「それはアリーシアが働いた駄賃として、俺が渡した銀貨に違いない」

「そして私が気まぐれで分けてやった飴か」

グラントリーはポケットからさっきつかみきれなかった飴を取り出した。医者は眉を上げた。

「そうだ。それだった。そんなきれいな包み紙の飴はここらへんでは売っていないからな」

やはりあの日だったのだと、ライナーとグラントリーの気持ちが一致したが、医者は怒りに震える声で話を続けた。

「それをあいつは！　そんな飴を買う金があったら、なぜセシリアに食事をとらせなかったのかと責めたんだ。なんでそばにいなかったのかと。そんなの、あいつが生活費を寄こさないから、アリーシアが働きに出ていたからに決まっているだろう！」

竜を怖がらない、かわいい小さな女の子に気まぐれに飴をあげただけだった。だがその日その女の子は、父親が自分の味方ではないと知ったのだ。

「こんなもの、と言ってあいつは落ちた飴を一つずつ踏みつぶしていった。母親が亡くなったとも気づかず、その飴を食べさせたいと願う娘の目の前でな」

医者の声は沈痛だった。エズメが目に涙をためて肩を震わせているが、グラントリーは、その当日確かに自分とアリーシアの人生は交わっていたのだという事実と、自分が何もできなかったのだという事実に打ちのめされていた。

「どうあっても絶対実家には戻さない」

そう誓うしかなかった。その時、トントンと性急なノックの音が応接室に響いた。

「なんだ」

グラントリーの苛立たしげな声にエズメがドアに向かう。

「大変です。アリーシア様が！」

ドアを叩いた使用人に何があったのか聞く前に、グラントリーは走り出していた。その後にライナーやエズメ、そしてためらいながらも医者が続いた。

「アリーシア！」

入室の許可も何もないまま、グラントリーはアリーシアの部屋に飛び込んだ。アリーシアのいるはずのベッドには誰もおらず、ベッドの下には色とりどりの飴が飛び散っている。

「アリーシア？」

小さい声で呼びながら部屋を見渡すと、窓のカーテンの下にアリーシアがうずくまっていた。

「アリーシア、どうした？」

「お母様、お母様」

アリーシアは震えながら母親を呼んでいた。胸がギュッと締め付けられながらもグラントリーはそっとアリーシアの腕に手をやると、アリーシアはびくっとし、背中の痛みにうめいた。

「お母様はどこ。お母様は」


グラントリーの声を聴いて父親と勘違いしたのか、腕に縋《すが》りつくアリーシアをなだめるように手を伸ばしたが、どう触れていいかわからず手を下ろす。


「お父様。お母様に会わせて。連れて行かないで。お母様に会いたい」

縋りつくアリーシアにグラントリーは何も言うことができなかった。

「あいつはセシリアを、墓に入るまで誰にも触らせなかった。アリーシアにすらだ。アリーシアは、死んだ母親の顔を見ていないんだ」

医者が部屋の入口でつぶやいた。そして部屋に散らばった飴を見て顔をしかめた。

「セシリアが死んだ時と同じ状況だ。おそらくこの飴が、セシリアが死んだ時の状況を思い出させたんだろうよ」

「坊ちゃま。エズメにお任せを」

エズメはグラントリーに縋っていたアリーシアの手をそっと外し、自分に寄りかからせる。エズメの柔らかい体に触れたアリーシアはふっと力を抜いた。

「ばあや？」

「エズメですよ、アリーシア様。そしてここはシングレア家。アリーシア様の新しいおうちです」

寄りかからせたアリーシアをゆっくりと揺らしながら、穏やかな声でエズメが話しかけている。

「エズメ」

「はい」

そうしているうちに、幼い子どものようだったアリーシアの声音《こわね》に芯が戻った。

グラントリーは自分よりもエズメに頼るその様子に歯がゆい思いだったが、この一ヶ月、仕事を理由に、アリーシアとはほとんど交流してこなかったのも確かだと肩を落とした。

あの家から救い出したことで、いろいろ済んだ気になっていたが、実際はそうではなかったのだ。

「すみません。取り乱したみたい」

アリーシアの小さな声がした。どうやら混乱からは抜け出したようだ。

「あの日、飛竜便の事務所でグラントリー様に会ったことも、ライナーさんがうちで働くんだって言ってくれたこともちゃんと覚えています。それがあの家で生きていく希望だった。いつか飛竜便で働けるということが」

　こんな時でも気遣いと感謝を忘れないアリーシアに、そんないい子でいなくていいのだと肩を揺さぶりたい思いがした。だが、その後の一言はその思いさえグラントリーのわがままなのだと思い知らせるものだった。

「けれどあの日、私は母と父と両方失くしたんです」

　空虚な瞳で語るアリーシアに、父親は生きているではないかと言う者は誰もいなかった。生きていても、父親という存在をアリーシアは失ってしまったのだから。

「いいことがあっても、長続きなんてしない。希望を持てば持つほど、たくさんなくなっていく」

　そんなことはないのだと言いたかったが、どんな言葉も今のアリーシアには届かないような気がして、優しくアリーシアを揺らし続けるエズメの隣で、グラントリーはなすすべもなくそれを眺めるしかなかった。


　それでもその後、アリーシアは順調に回復しているように見えただろう。

　傷口がふさがり、ベッドから出られるようになれば体も動き、体が動けば気持ちも明るくなる。怪我をする前のように、好奇心いっぱいであちこち歩きまわるアリーシアに屋敷の皆の顔も明るい。

　グラントリーの屋敷に招かれざる客が来たのは、アリーシアが外に出歩くのにも支障がなくなってきた頃のことである。

「約束もなしに押しかけられてきても困ります。改めて主人のいる時にお越しくださいませ」

「娘に会うのに約束がいりまして？」

突然やってきたのはアリーシアの義母と義姉だった。アリーシアの体調も回復し、ようやっとグラントリーが飛竜便の仕事に戻ったところを狙いすましたかのような来訪だ。

馬車で玄関まで乗り付けてきた二人は、玄関口でヨハンに阻まれていた。一見賑やかな雰囲気に、うっかり顔を出しそうになったアリーシアはエズメに慌てて止められた。

「アリーシア様は顔を合わせないほうがようございます」

エズメがそんなことを言ったのは王女の来訪以来のことで驚いたアリーシアだったが、来訪者の声を聴いて動きが固まった。

「私たちは王女殿下の勧めによって娘に会いに来たのです。私たちをないがしろにすることは殿下をないがしろにするのと同じですよ」

「奥様……」

この何年かずっと聞いていた声であり、二度と聞きたくない声でもあった。

「娘と言うなら、その娘に奥様と呼ばせているのはなんででしょうかね」

エズメの皮肉のこもった声は小さかったが、屋敷の使用人は皆同じ意見だったに違いない。二階の階段の近くにいたアリーシアには、ヨハンの落ち着いた声がよく聞こえてきた。

「ではうかがいましょう。アリーシア様にどのようなご用事でしょう」

「直接言うわ」

「主のグラントリー様がいる時にまたおいでくださいませ」

慇懃《いんぎん》に追い払おうとしている気配が感じられた。ほっとしたアリーシアだったが、おそらくアリーシアに聞かせようとした義姉のジェニファーの声に思わず階段を駆け下りそうになった。

「そのグラントリー様にかかわることだからわざわざ来てあげたのよ」

バーノン子爵家はアリーシアをグラントリーに差し出したことで、王家が勧めた縁談という義務を果たしたはずであり、いまさらアリーシアとグラントリーにかかわる理由はないはずだ。だが、アリーシアはグラントリーにかかわるということをどうしても聞き逃せなかった。

「エズメ」

「いけません」

話を聞くだけでも聞いてみたいというアリーシアの願いを、エズメが聞くはずはなかった。

「でも、グラントリー様にかかわることなら、私、話を聞かないと」

アリーシアはエズメの制止を振り切って階段を駆け下りた。

そんなアリーシアの姿を見つけた義母のハリエットはいつもアリーシアを見る時のように見下した表情を浮かべる。久しぶりに会った義母と義姉は、何も変わってはいなかった。

「あらアリーシア。元気そうね」

「奥様」

「まあ、なんてこと。いつものようにお義母様《かあさま》と呼んでくれていいのよ」

お義母様などと呼ばせたことは一度もなかったが、いまさらそんなことを言ってもどうしようもない。

「グラントリー様にかかわることというのは何ですか」

「この家では客にお茶の一杯も出さないのかしら」

アリーシアの性急な問いに答えず、義母はやれやれとばかりに肩をすくめた。

「ヨハン」

「アリーシア様」

いけませんよと言おうとして、ヨハンはそれを呑み込んだ。グラントリーがいない今、アリーシアがこの家の女主人だ。いくら思いやりからとはいえ、使用人の言う通りにアリーシアが動いていると思われるのは避けたかった。だからこう言うしかなかった。

「もちろん私とエズメも付き添います」

アリーシアにとっては願ってもない申し出である。

「では応接室にご案内いたします」

ヨハンはしぶしぶ招かれざる客を応接室に案内し、エズメはお茶の手配をした。

やがて応接室で、緊張の会談が始まった。ソファに座るアリーシアの後ろにエズメとヨハンが守るように立つ。

「アリーシア、ずいぶん太ったのではなくて？」

義母がアリーシアをじろじろと眺めてそう言った。アリーシアが何か口にする間もなく、すかさずエズメが答える。

「アリーシア様はやせすぎでしたからねえ。まるで満足に食事をとらせていないかと思いましたよ」

「そんな訳はないわ。それに、この家の使用人は礼儀がなっていないわね」

エズメは謝らないし、義母も引かない。かばってもらったことは嬉しかったが、アリーシアが代わりに頭を下げた。

「奥様、申し訳ありません。それはともかく、グラントリー様にかかわるというお話を聞かせてください」

頭を下げることなどどうということもない。それより、気になることを早く話して帰ってもらいたかった。

「仕方がないわね」

アリーシアが頭を下げたことに満足したのだろう。ハリエットは尊大に頷いた。

「アリーシア。この縁談は王女殿下がジェニファーを認めて勧めてくださったものだということは承知しているわね」

「はい」

その縁談を嫌がって拒否したのはジェニファーだということは、義母の中で自分たちに都合よく書き換えられているのだろう。

「バーノン家の令嬢をということで、あなたがジェニファーの代わりに婚約者となったわけですが、その必要がなくなりました」

その必要がなくなったとはどういうことだろうか。まさか、オリバー一筋のジェニファーが心変わりをしたというのか。アリーシアはジェニファーのほうに目をやったが、ジェニファーは平然とした顔をしているから、そうではないのだろう。

「あなた、背中に怪我をしたそうね」

「お見舞いもいただきませんでしたが、どこからそのことをお聞きになりました」

ヨハンがすかさず口を挟んだ。

「王女殿下から直接うかがったわ」

ハリエットは自慢そうに顎をそらした。アリーシアの後ろでヨハンとエズメが顔を見合わせた気配がしたが、アリーシアも不思議に思った。バーノン家は子爵家である。貴族とはいえ、気軽に王族と話ができるような立場ではなかったはずだ。

「ひどく醜い傷だそうね」

エズメが何か言い返しそうになったが、またアリーシアを謝らせることになると思ったのか、結局我慢したのが感じられた。

「王女殿下は、グラントリー様に幼い頃から兄のように遊んでもらったそうよ。だからこそ縁談がないのを心配して、うちのジェニファーに話が来たらしいのだけれど」

義母は楽しそうに口の両端を上げた。

「醜い傷のある娘を、グラントリー様に勧めたくはないのですって。もうバーノン家との縁談は気にしなくていいとおっしゃったわ。断っても何のおとがめもないそうよ」

あまりの言い草に、誰も何も言えなかった。アリーシアに傷がついたのはいったい誰のせいなのか。王女をかばったからできた傷ではないかと、エズメとヨハンは思ったに違いない。

だがアリーシアはすとんと納得してしまった。もともと身分差のある縁談だった。ジェニファーがグラントリーを怖がるから、バーノン家の予備の娘としてここに来たが、その必要がなくなったらここにいる理由がない。

アリーシアはそっと肩に手をやった。背中の傷はまだ少し痛む。エズメは一文字に跡が残ると言った。傷のある娘。アリーシアは、これからそう言われ続けることになるのだ。

「王女殿下をかばったためにできた傷でございます。その恩をこのような形で返すとは……」

ついにヨハンが怒りを口に出した。

「あら、王家からのお詫びの礼金はバーノン子爵家にもう来ていますよ。アリーシアはまだバーノン家の娘ですからね。殿下に文句を言うのは筋違いよ。それに」

義母は口の端をゆがめ、とても貴婦人とは思えないような顔で笑った。

「殿下のおっしゃっているのは、竜の傷ではないわ。それよりずっと醜い傷がそれはもうたくさんあるそうね。私たちは見たことはないけれど」

「それは！」

あなたがたがやったことでしょうとエズメは言おうとしたに違いない。だが、違うと否定されればそれまでだ。

「お父様も戻って来いとおっしゃっているわ。アリーシアには裕福な商人との縁談を考えるそうよ。お前には貴族のお相手は身分不相応だったの。そのくらいがちょうどいいわ。それまでの間くらい、うちで面倒を見てもかまいません」

ハリエットはそう言うと立ち上がり、小さなかばんから何かを取り出し、アリーシアのほうに放り投げた。とっさによけたそれは、床に転がりくるくると回って止まった。たった一枚の銀貨だった。

「それで辻馬車でも拾って帰ってくるといいわ。ジェニファー。帰るわよ」

「はい」

ついてきた割にはほとんど何も言わなかったジェニファーがやっと口を開いたと思えばそれだけである。先に部屋を出た義母に続こうとしたが、ジェニファーは一度立ち止まると、体半分だけ振り向いた。

「戻ってこないで」

小さな声だった。

「お前をオリバー様に会わせたくないの。お母様はああ言ったけれど、アリーシア。二度と帰ってこないで」

目も合わせずにそれだけ言い捨てると、ジェニファーはさっとドアを開けて出ていった。

「なんとまあ」

エズメの声が遠くに聞こえる。

「あれほどとは思いませんでしたよ、ええ。あれほどとは。アリーシア様、あの中で過ごしてきたなんて、ほんとに……」

アリーシアは、ぼんやりと落ちたコインを拾った。

「いけません、アリーシア様。そんなもの！」

「エズメ、これでパンがたくさん買えるの。お母様と二人で食べたら、三日は生きられたのよ。お金は大切なの」

両手を揉みながら心配そうに見るエズメに、アリーシアはお願いをした。

「背中を。背中の傷を見てみたいの」

「まだ治っておりませんよ」

「お願い。見てみたいの」

繰り返すアリーシアに抵抗しきれず、エズメはそのままアリーシアの部屋に向かうことになった。エズメは部屋に入るとカーテンを引いて、部屋を薄暗くした。

「治りきっていない傷跡は見栄えが悪いですが、今は気にしてはいけませんよ。医者によると、やがて薄い一本の線になるそうですから、それをちゃんと覚えていてくださいね」

エズメはそう言うと、アリーシアの服の後ろのボタンをはずしてくれた。アリーシアは、後ろをはだけた服を手で押さえながら、鏡に背を向けそっと振り向いた。

カーテンから漏れる薄暗い日の光の中でもはっきりとわかる一本の長く赤い傷跡。アリーシアはそっとつぶやいた。

「これは、王女殿下を守った勲章」

だから恥じることはない。でも、傷はそれだけではなかった。赤い傷の下には、短い打ち傷の跡が縦横に走っていた。

「腕にある傷と同じ。いえ、それよりひどいのね」

最初のこの部屋で鏡を見た時、好きなところはどこですかとエズメは聞いてくれた。アリーシアが好きなのは、お母様が好きだと言ってくれたアリーシアだ。だが今鏡に映っている自分は、お母様がいなくなった後のアリーシアである。

「これは、父親に守ってもらえなかった印《しるし》」

「アリーシア様!」

エズメの声は今日は不思議と遠くで聞こえるような気がする。

アリーシアにはいつもお母様しかいなかった。やっと幸せのかけらをつかんだような気がしても、それは失われ、もっとひどい結果を連れてくる。お母様がいない今、自分には何の価値もないような気がした。

「アリーシア様はなにも悪くないんです。バーノン家の奴ら、本当にひどいことを!」

「いいえ」

アリーシアは首を横に振った。

「ずっと思ってたんです。私も幸せではなかったけれど、私がバーノン家に引き取られなかったら、奥様もお嬢様ももっと幸せだっただろうなって。お父様も私がいなければお母様を独占できて幸せだったに違いありません。グラントリー様もきっと」

こんなひどい傷を負わされるようなアリーシアがそばにいたら、グラントリーまで幸せではなくなってしまうかもしれない。

「なぜ私は、お母様のように人を幸せにできないのかしら」

「アリーシア様。アリーシア様がこの屋敷にいらして、私どもは毎日が楽しいですよ」

「ありがとう。エズメ」

ボタンをはめてもらい、服を直しながらわずかに微笑んだアリーシアには、エズメの声はやはり遠くに感じられるだけだった。


その次の日のことである。またアリーシアに来客があるという。

「オリバーが？」

「はい。お義姉様《ねえさま》の婚約者だと申しておりますが、それならばお義姉様と一緒にいらっしゃればいいだけのこと。グラントリー様がお留守の今、会うべきではありません」

勝手に断って昨日のアリーシアのように押し切られて困ると思ったのか、ヨハンがきちんと相談に来た。

「わかりました。お断りしてください」

アリーシアとしてもオリバーは会いたくない人物の筆頭だった。いったい何の用があってきたのか。どうやらひとしきり玄関先でもめていたようだが、アリーシアは今度は部屋から出ないようにした。うっかり何かが耳に入って、昨日のように飛び出してしまうことがないように。

しかし、アリーシアがせっかく聞かないようにしていた話は、屋敷の使用人からアリーシアに伝わってしまった。

「あまり家にばかりいても、うつうつしますからね。少しお庭に出てみたらいかがですか。門のところに人を置いて、誰も入ってこられないようにいたしますからね。万が一にでもオリバーとやらが入ってこないように」

ふんという鼻息が聞こえそうなほどのエズメの勧めだったが、アリーシアはありがたく庭に出させてもらった。とはいえ、この屋敷は竜の下りやすさを中心に作られているので、広いばかりであまり風情はない。アリーシアが屋敷の周りをゆっくり歩いていると、屋敷の裏で何かの用事をしている使用人の会話が聞こえてきた。

「聞いた？　アリーシア様に会いたいって来た人」

「聞いた聞いた。わざわざ社交界の噂話を伝えに来たって、ほんとにアリーシア様の実家の人たちって非常識よね」

オリバーの話だ。アリーシアは思わず立ち止まった。社交界の噂とは何だろう。アリーシアはまだデビューすらしていないので、社交界とは何かすらよくわかっていなかった。

「アリーシア様は家から一歩も出ていないのに、背に傷のある令嬢として噂されてるなんて、絶対あの王女様が悪いに決まってるわ」

「傷のある者同士お似合いだなんて噂、グラントリー様なら何も気にしないわよ」

傷のある者同士お似合い。背に傷のある娘。

たとえ自分のせいではなくても、傷のあるグラントリーは、ジェニファーに避けられたように女性に嫌われたと言っていた。そしてアリーシアも、傷は自分のせいでできたものではない。でもこれからはどこに行っても背に傷のある女として噂が付きまとうのだろう。

それでもアリーシアは自分はどうでもよかった。ただ、グラントリーがこれ以上、自分に責任のないことで責められるのは嫌だなと思ったのだった。アリーシアは使用人たちに気づかれないように踵を返し、部屋に戻ってきた。その顔には静かな決意が浮かんでいた。

次の日、アリーシアは誰も起きていない時間にベッドから身を起こし、手早く普段着に着替えを済ませる。

アリーシアには、今まで大切なものは母親しかなかった。幼い頃は父親のことも大好きだった。アリーシアにも笑顔で、抱き上げてくれたこともあったように思う。でもそれはお母様がアリーシアを褒めてほしがるからそうしているにすぎないということに気がついたのはいつ頃のことだったのだろう。

そんな空っぽの愛でもいいと思うことができなかったのは、アリーシアが母親からの本当の愛を知っていたからだと思う。愛を求めなくなってからのアリーシアは愛想のない子で、父親としばらくはぎくしゃくしていたが、母のセシリアを愛しているという面でだけは共感できた。そこからはアリーシアの父親としてではなく、いかに母を大事にするかという同志という関係になって落ち着いたような気がする。

アリーシアはいつものように枕元にある北の国の本を胸に抱いた。本当はこの本を読む必要はもうない。何度も何度も読み返した本の中身は、全部暗記しているからだ。ただ、本を抱えてページをめくると、母と過ごした温かい日々がよみがえるような気がして手離せない。でも、最近はこの本を手に取る回数も減っていた。

「エズメ。ヨハン」

アリーシアに何も足さず、何も引かなかったこの屋敷の人たち。アルトロフ出身の母を持ち、珍しい色の瞳と黒髪の組み合わせを持つアリーシアは、褒められるにしてもけなされるにしても、その出自《しゅつじ》と外見ばかり注目され、アリーシアの中身を見てもらえることはほとんどなかった。

それなのにお屋敷の人たちは、あなたはどうしたいのか、どうありたいのかと、いつもアリーシアをまっすぐに受け止めてくれた。それは真冬の空気のように凍り付いたアリーシアの心を少しずつ温めて緩めてくれたように思う。

「グラントリー様」

自分はあなたの婚約者なのだと、だから二度と家には戻らなくていいと言ってくれた人。本来なら、アリーシアのような境遇では望むべくもない縁である。いずれ結婚するという実感はなかったが、なによりアリーシアに自分の居場所を作ってくれた人だった。

「グラントリー様からもらった飴も、グラントリー様の目の色のドレスも、結局私がだめにしてしまったのね」

何をしてもらっても、アリーシアがグラントリーに返せるものは何もないどころか、もらったものをすべてだめにしてしまう。

「今度はグラントリー様の評判さえ落としてしまうことになるんだわ」

アリーシアは本をことりと枕元に戻し、自分の胸にそっと手を当てた。

「本がなくても、もう空っぽじゃない。少し温かい気がするのは、きっとこのお屋敷の人たちがいるから」

台無しにしてしまった飴も服ももうないけれど、一緒にもらった思いやりは自分の心の中に残っている。アリーシアの口元には微笑みが浮かんだが、目を閉じると涙のしずくがぽたりと絨毯《じゅうたん》に落ちて消えた。

「自分に傷があることはもういい。でも、そのことでグラントリー様が悪く言われるのは、やっぱりつらいの」

傷があり眼帯を付けていることで避ける女性も多いかもしれない。だが、あれほど親切で明るい人だから、きっとアリーシアよりふさわしい人が見つかるはずだ。

「飛竜便の事務所で働きたかったな」

ライナーはきっといい上司だろう。その下で一生懸命翻訳をして、雑用で走り回って、時々竜を見る。そして明るい顔で事務所に入ってくるグラントリーに挨拶をして、お茶を出したりするのだ。

「お母様がまだいてくれたら。そして私が、ただの町娘だったら」

グラントリーはきっとあの色とりどりの飴をお土産だよと言って渡してくれるだろう。アリーシアはそれを持ってお母様のところに帰る。

「でもお母様はもういなくて、私は傷のある、子爵家の予備の娘」

グラントリーのそばにいたら、グラントリーの評判を落とし、不幸をもたらすだけの娘だ。二度と子爵家には戻りたくない。だが、この屋敷にもいられない。

「あと数日で、私は一六歳になる」

グラントリー様も帰ってくるから、お誕生会をやりましょうねとエズメに言われていた。とても楽しみにしていたのだけれど、婚約者でなくなるアリーシアにはその権利はない。

だがここを出ても、アリーシアはアリーシアだ。この屋敷の人がそう教えてくれた。

「アルトロフの言葉だけではなく、この国の文字も読み書きできる。下働きもなんでもこなせる。ヴィランは大きな町だもの。一人でも生きていける」

アリーシアはポケットに、ハンカチに包んだ銀貨を六枚しまい込んだ。

「私の代わりに、このお屋敷に置いてもらってね」

北の国の本は置いて行こう。お母様の形見は、本ではなく、私自身なのだから。

エズメが起こしに来る前に、アリーシアはそっと屋敷を抜け出した。

第七章　心の声

「アリーシアが出ていっただと。それも二日も前に！」

グラントリーはアリーシアの部屋で呆然と立ちつくしながら、エズメとヨハンを問い詰めた。アリーシアが出ていったというのに、疲れた顔をしてはいるものの落ち着いている二人の様子も気に入らなかった。

「どうやら義姉の婚約者が来た後、屋敷の者がその噂話をしているのを聞いてしまったようで、それまで思い詰めていたものがぷつんと切れたのだと思われます。とにかく手紙を」

グラントリーが慌てて手紙を開くと、アリーシアの几帳面な文字でお礼と挨拶が書いてあった。

「『今まで本当にお世話になりました。私のような噂のあるものをそばにおいては、グラントリー様の迷惑になります。家に戻りますので、ご心配なく』心配しないわけがあるか！　今回の飛竜便で、やっとアリーシアの母親をどう探すかヒントが見つかったというのに」

グラントリーは手紙をもったままスタスタと部屋を出ようとする。

「グラントリー様！」

「バーノン家へ向かう」

「バーノン家には既に使者を出しております。というかアリーシア様がいなくなった日に私が直接行きましたが、アリーシア様は戻ってきていないと言われました」

ヨハンは悔しそうな表情を浮かべた。

「『うちのかわいい娘がまさかどこかに行ってしまったということはありませんわね』と言われましたよ。どの口がそういうのか。だが、全く焦っていないところを見ると、やはりバーノン家が事情を知っていると思われます。とにかく」

ヨハンはグラントリーを強く引き留めた。

「エズメと事情を説明します。状況を正しくつかんでいただかないと」

「わかった」

飛竜便の仕事をしているからと言い訳しないでアリーシアと向き合うと誓ったばかりなのに、またしてもアリーシアを守れなかった自分にグラントリーは苛立ちを隠せなかった。アリーシアの部屋を出る前に室内を一瞥《いちべつ》すると、枕の横にアリーシアの大事にしていた北の国の本が置いたままになっているのが見えた。

「あれを置いていくとは。くそっ」

何より大切にしていた母の思い出を置いて行ったことが不吉で、グラントリーは胸がじりじりするような焦燥《しょうそう》に駆られた。

グラントリーは取り急ぎヨハンとエズメの話を食堂で聞くことにした。

そこで聞かされた王女の余計な口出しにグラントリーはもはや怒る気にさえなれなかった。

「殿下には幼い頃から散々迷惑をかけられてきたが、面倒だからと甘やかしたツケがきたのか。結局は私のせいだな」

グラントリーはうなだれた。

「私は自分の顔に傷がついたくらいなんでもないから特に大騒ぎはしなかったが。未婚の女性が自分のせいで傷を負ったというのに、それを感謝するどころか傷があることを社交界に広める悪魔のような所業。とても王女の器ではない。これは厳重抗議する。そして二度と私の婚姻に口を出させないように交渉してくる」

「それがようございます」

「そもそもが王族の仲介と言っても、断ったからと言ってとがめられるわけではない。自分の家のためになると欲をかいたバーノン家が無理にアリーシアをうちに押し付けただけではないか。おそらく、私との婚約の後に、もっと条件のいい縁談が見つかったからアリーシアを取り戻したかっただけだろう」

グラントリーの分析にヨハンとエズメは驚いた顔をした。

「まさかそんなことを。まるで娘を道具のように扱うなんて」

エズメはそう言ってから、沈んだ顔になった。

「いえ。あの義母を見ていたらわかります。まるでアリーシア様を苦しめることを楽しんでいるかのようでしたからね」

「やはりな。屋敷の周辺は探したんだな?」

ヨハンが頷いた。

「はい。早朝のこととはいえ、人通りがありまして。屋敷を出てすぐにアリーシア様らしき人が馬車で連れ去られるのを見た人がいます。おそらくバーノン家の者かと」

「ではバーノン家に人を張り付けさせろ。すぐに見つけないと」

立ち上がったグラントリーは、今にも自分が飛び出して直接捜索をしかねない勢いだった。急がないと、アリーシアがどこかに消えてしまいそうな気がしたのだ。

「坊ちゃま」

グラントリーは落ち着いたその呼び方に思わずヨハンのほうを見た。

「うかがいたいことがございます」

「今でなければだめか？」

ヨハンは大きく頷いた。グラントリーは仕方なく椅子に座り直した。

「坊ちゃまは、アリーシア様を捜し出して、その後どうするおつもりですか」

「どうするって。婚約者としてこの屋敷で大事にする。デビューもさせ、今までできなかった若い女性の楽しみは何でも経験させるつもりだ。母上たちがやっている、お茶会とか、観劇とか、そういうのがあるだろう」

ヨハンは残念そうに首を横に振った。

「坊ちゃま。それは婚約者にすることではありません。妹にすることでございます」

「妹って」

グラントリーは鼻で笑いそうになって、ふと真顔になった。今、自分が上げた計画には、確かにいつ結婚するという終着点がない。それに自分が連れていくのではなく、誰かに頼もうとしていることに気づいた。

「だがアリーシアはあんなに細くて、まだ子どもだろう」

「坊ちゃまが戻ってきたら、アリーシア様の一六歳の誕生祝いをする予定でした」

「一六歳。成人ということか」

ヨハンは何をいまさらという顔をした。

「成人するからデビューもできるんです。アリーシア様は既に結婚できる年になってしまったんですよ。そしてもうここにはいないんです」

その事実をグラントリーが呑み込むまで少し間があいた。

「つまり、バーノン子爵がアリーシアを結婚させようとしたら」

「ええ。届けを出されてしまったら終わりです」

「それならなおのこと急がないと」

ガタッと椅子を鳴らして再び立ちあがったグラントリーに、ヨハンはまた首を横に振ってみせた。

「アリーシア様がここにいらした時、何をやりたいとおっしゃっていたか覚えていますか」

グラントリーは思い出そうとしたが、気持ちが焦っているためか思いつかない。

「飛竜便の事務所で働きたいと、そうおっしゃっていました」

「飛竜便。そういえばアリーシアは有能な翻訳者だから、早く寄こせとライナーが言っていたな」

「もちろん、観劇もお茶会も、それどころか何もせずにこの屋敷にいるだけで、ご実家に戻るよりも何倍もましなはずです。ですが、坊ちゃまがいつまでも妹としか見ずにうちで大切に囲って、本当のアリーシア様のやりたいことを無視していたら、それはバーノン子爵とどう違うというのでしょう」

あんな奴とは全然違うと言いたかったが、のどに何か詰まったように声が出てこない。

「それとも、大事に育てて、お若い貴族の方に嫁がせますか。そのほうがアリーシア様のためかもしれませんね」

グラントリーはぐっと詰まったままだった。確かにアリーシアは八つも年下である。だが、アリーシアが自分以外の誰かのもとに行くと考えると、なにやら胸のあたりがもやもやとする。あの不安そうな顔を輝かせるのは自分でなければいけないような気がした。

「私どもは、アリーシア様がこの屋敷にいらしてからずっと見守ってきました。ですが坊ちゃまは、アリーシア様をここに連れてきたらそれで満足して、その後はいかに自分が元の生活に戻るかということしか考えておりませんでしたでしょう」

グラントリーはその厳しい指摘にうなだれた。自分が結婚などどうでもいい、相手だって誰でも構わないと思うのは自由だが、相手のアリーシアがそれで幸せなのかどうかまでは考えていなかったことに気づいたからだ。

「アリーシア様はご自分から出ていったのです。なぜアリーシア様を取り返したいのか、よく考えてくださいませ」

ヨハンの言葉には頷くしかなかった。

その後にきちんと事件の話を聞くと、ヨハンが落ち着いていられたのは、アリーシアの行方の見当がついていたからだったらしい。アリーシアの母親のように、町の外れの一軒家に閉じ込められているようだった。さらに調べていくと、アリーシアは既に裕福な商人の後妻に入ることが決まっているという。

グラントリーが留守の間、家令としてヨハンにできるのはここまでが精一杯だった。

「ここからは私に任せてくれ」

「坊ちゃま、くれぐれもアリーシア様を」

「もちろんだ」

となれば使うのは飛竜便の事務所だ。そもそも優秀な人材を集めてあるし、何よりライナーがいる。

「今まで邪魔にしかしていなかったアリーシアが、今回の縁談の件で金の卵を産む可能性があることに気がつき、さっそく行動したというわけか。したたかだが、父親としては血も涙もないな」

「バーノンのところに抗議に行くのか、若？」

ライナーの質問にグラントリーは首を横に振った。

「いや。アリーシアの相手のほうを押さえる。飛竜便と侯爵家の力を侮るなよ」

「実家頼みかよ」

ライナーの言葉は無視することにした。グラントリーはみっともなくても今使えるものはためらいなく何でも使うつもりだった。

一度覚悟の決まったグラントリーの行動は早かった。まずアリーシアを後妻に貰おうとした相手の家に正式に訪問した。

その商人が飛竜便のシングレア商会と聞いてすぐに会うのを決めたのは、アリーシアがどのような経緯で後妻に来るかわかっていたからだろう。でっぷりと太った商人はグラントリーの父親よりも年上に見え、こんな男に平然とアリーシアを嫁がせようとしたバーノン子爵に改めて怒りが沸き起こる。

妻に迎えるはずのアリーシアとグラントリーのかかわりを知っているはずの商人は、意外にもグラントリーとライナーをにこやかに迎えてくれた。同時にいぶかしげでもあった。

「アリーシア・バーノンの件ということでしたが、私は既に破談になったと聞いています」

事前に調べたがこの商人の評判は悪くない。ただし、この年になっても跡取りがいないということが本人の焦りになっており、何人もいる愛人にも子どもの出来る気配はない。つまりは新しい妻は若ければ若いほどいいということで、候補の中からアリーシアが選ばれたようだ。

バーノン子爵にとってもアリーシアの子が後継ぎとなればいうことはない。アリーシアを物のように扱う薄汚い取引には反吐《へど》が出そうだったが、見ようによってはアリーシアは大店《おおだな》の妻となるため、玉の輿と言えなくもないのだ。そして商人もそれはよく理解していた。

「年の違いをあれこれ言う向きもありますが、少なくともあの子の母親とは違い、正式に妻として娶《めと》るつもりだし、贅沢もさせましょう。うちにとってみれば庶子とはいえ貴族の娘をもらうのは価値がありますが、シングレア家としては逆ではないですかな」

つまり格下で庶子であるアリーシアはシングレア家にふさわしいのかということである。

「傷など子に受け継がれるわけでもなし。アリーシア嬢にとっても、伯爵家に嫁ぐのは荷が重かったのではないのですかな」

背の傷のことも理解し、理路整然と話されれば、なるほどと納得してしまいそうになる。

「若」

「わかっている」

だがライナーに急かされるまでもなく、ここはグラントリーがきちんと自分の心と向き合わなければならない場であった。グラントリーは商人としっかり目を合わせる。

「はじめは王女殿下から勧められた縁だった。だが、自らバーノン家から救い出し、婚約者として大切に育てている娘です。他の誰かに任せるつもりはありません」

他の誰かに任せるつもりはない。自分で言った言葉が自分の胸にすとんと落ちた。竜の雛を救い出したように、アリーシアもグラントリーが救い出した。それなら竜と同じように自分の手元に置くのは当然だ。

エズメが聞いたならば『坊ちゃまはまだまだでございます』と言われそうな答えだが、今はその思いだけで十分な気がした。

「さて、あなたのお気持ちは理解できますが、それだけでは……」

「飛竜便一〇回分。優先権を」

「商談成立ですな」

アリーシアは商売の道具ではない。その気持ちは商人のこの言葉を聞いて決定的になった。

「後妻候補は他にもいますが、飛竜便の優先権はえがたいですからな」

後味が悪くても、実を取る。グラントリーとて商売人でもある。それでもアリーシアを取引の材料とするような場に自分を引きずり出すことになったバーノン子爵への憎しみは募《つの》った。だが、次に向かうのはその子爵のところである。約束があればのらりくらりとかわされるのは目に見えていたから、既に遅い時間ではあったが在宅を確認したうえでのいきなりの訪問であった。

「よし、乗り込むか」

「いや、若。ただの話し合いでしょうよ」

憎まれ口をたたいてもこんな時に頼りになるのはライナーだ。二人はバーノン家の扉を叩いた。

不審そうに扉を開けた家令は、一瞬目を見開いて動揺した様子を見せたが、丁寧に礼をした。

「こんな時間に、約束もなくどんなご用事でしょうか」

「子爵家の分際で、娘の婚約者たる伯爵家の訪問を断るか」

一瞬ひるんだすきをついて、グラントリーは強引に押し入り、大声でアリーシアの父親を呼んだ。

「バーノン！」

子爵が出てくる前に、アリーシアの義母がしゃしゃり出てきた。

「まあ、シングレア伯爵ではありませんか。お約束がありましたかしら」

「婚約者に会いに来るのに約束が必要か。義理の娘に会いに来るのには約束は必要ないようだったが？」

グラントリーの留守に約束なしに訪問したハリエットへの痛烈な皮肉であるが、通じたかどうか。

「ハリエット。控えなさい」

その間にバーノン子爵が登場していたようだ。平然とした顔でハリエットをたしなめると、グラントリーに付いてくるよう合図した。

「ようこそと言える時間ではありませんが、こちらへ」

そして以前も訪れたことのある応接室へと案内された。もっとも、ライナーが迎えに行ったはずのアリーシアが来なかったため、長居はしなかった不愉快な場所でもある。一方で控えろと言われたハリエットだが、当然のように付いてきて、うっとうしいことこの上なかった。

席に着くと、最初に口を開いたのはバーノン子爵だった。なぜグラントリーが来たのかという理由を聞きさえしなかった。

「なぜアリーシアにそれほどこだわるのです。あれは母親と違って、特に目立つところもいいところもない娘だ」

グラントリーの隣でライナーが立ち上がろうとした。グラントリーはライナーと同じく、はらわたが煮えくり返る思いをしながらも片手でライナーを制した。

この父親には、アリーシアのよさは何を言っても伝わらないだろう。

「縁があって婚約者になった。そんなあなたの娘を大切にしたいと思って何が悪いのか。婚約者だろうが家族だろうが、身近な人を幸せにしたい。当たり前のことだろう」

家族であろうと全く幸せにしていないではないかという皮肉をたっぷり込めたつもりだったが、子爵は眉一つ動かさなかった。

「今日来たのはそんなことを話し合うためではない。婚約者を返してもらう」

あえてアリーシアとは言わなかった。既にグラントリーの婚約者なのだから。

「王家からの強制はなくなった以上、すでにあれはあなたの婚約者ではありません。ずっとあなたのところにいたのならともかく、自分から望んであなたの屋敷から出てきたのだからな」

「そうするために奥方と娘を使ったくせに？」

「真実を告げに行かせたまでのことです」

子爵の自信は揺らがなかった。

「アリーシアがどう言おうと、私は婚約を取りやめたつもりはない。それに忘れたのか。あの時、こちらに押し付けるからには、今後娘のことには一切口出ししないと約束したことを」

この言葉で初めて子爵の顔色が動いた。

あの時、下の娘をどうか、と願ったことを思い出せばいいとグラントリーは思った。あの時確かに、娘の幸せを願ったはずだ。だが子爵の口からは何も出てこなかった。

「アリーシアは、こちらに返していただく」

埒《らち》が明かないとみて、グラントリーはそう宣言した。これで強引にでもアリーシアを引っ張り出す権利を得たことになる。

「既に縁談が決まっておりますのでな。申し訳ありませんが」

その言い訳は昼間に既に封じておいてある。

「ライナー」

「はっ」

グラントリーの声にライナーが懐から出したのは、婚約者のいる娘を後妻に貰うことはできないという商人からの手紙だった。

「ばかな。既に支度金のやり取りも行っているというのに」

バーノン子爵は動揺を隠せず、金目当てだということを自ら暴露する羽目になった。その子爵に、今度はグラントリーが手紙を手渡した。

「これは陛下からである。王女殿下の件についての謝礼を、アリーシア個人の財産として扱うようにという追記だ。普通はこんな面倒なことはしないのだが、その謝礼が行方不明になっては困るからな」

「くっ」

思わずその手紙を握りつぶしそうになった子爵だが、不敬であることくらいわかっているらしくぐっとこらえた。グラントリーはすっと立ち上がった。

「ではアリーシアは引き渡してもらう」

これでアリーシアを助け出す準備は整った。誰にも邪魔はさせない。

勢い込んで応接室を立ち去ろうとするグラントリーにかかった声は、ハリエットのものだった。

「アリーシアがうんと言うといいですわね」

思わず立ち止まったグラントリーは、なんのことだという目で振り返った。

「あの子は、自分からあなたの屋敷を去ったのです。傷のある娘は伯爵家にはふさわしくないと思って」

「あなたは！」

思わず声を荒らげつつもかろうじて礼儀を失《しっ》しないように自制したグラントリーは、そう誘導したのはお前だろうと言いたかった。

「あらあら、乱暴な方。あなたが迎えに行ったとして、頑《かたく》ななあの子がうんと言わなければ、決して手に入れることはできないのよ」

あざけるようなハリエットの声に、グラントリーは思わず聞き返していた。

「なぜそんなにアリーシアを不幸にしたがる？　アリーシアがうちに嫁いだとしても、あなたの娘ジェニファーは思い人と結ばれて幸せになる。それで十分だろう」

「あの娘と母親は、私とジェニファーの一四年の幸せを奪ったのよ。その報いは受けるべきだわ」

金色の髪と青い目が美しいと評判のハリエットの顔は、憎しみで醜くゆがんでいた。

「あなたを幸せにしなかったのはアリーシアでもその母親でもなく、そこの子爵だろう」

さらに言うならば、子爵はアリーシアも幸せにしなかっただろうとグラントリーは言いたかったくらいだ。その子爵は最後にこう言い捨てた。

「あれを引き取ったことを、あなたはきっと後悔する」

それは呪いのようで、グラントリーはそのおぞましさに肌が粟立《あわだ》つ思いがした。

「あなたが全部悪いのよ！」

そして始まった夫婦げんかに巻き込まれないようにグラントリーとライナーは急いで屋敷を出た。

「あとはアリーシア本人にうんと言わせる作戦だな」

誰にも邪魔はさせなくても、アリーシア自身が邪魔をする。自分以外の人は守ろうとするのに、アリーシア自身のことはいつもないがしろにするのだ。

「若」

「なんだ」

ライナーは馬車に乗り込みながらグラントリーに尋ねた。

「なんでアリーシアを取り戻したいのか、アリーシアをどうしたいのかわかったんですか」

「わからない」

「わからないのかよ」

ライナーは脱力したようで、馬車の座席にだらしなく寄り掛かった。

「わからないが、アリーシアがうちではないどこかに嫁ぐと思うとそれはそれで腹が立つからということにする」

「父親でしょうが、それは」

あきれたようなライナーに、しかしグラントリーはそれ以上のことは答えられなかった。

「竜を見る目が、私と同じだからかな」

「かわいそうだからじゃなくてですか」

「ああ」

なぜこんなにも必死にアリーシアを取り戻したいのか、グラントリーにもよくわからないのだった。

「すでにアリーシアのいる家はうちが押さえた。明日、屋敷の者をアリーシアが閉じ込められている家に送り込む。ライナー、アリーシアから見えるあたりに竜を飛ばしているよな？」

「もちろんだ」

町の安全を考えて竜を飛ばすのも飛竜便の所長のライナーの仕事だ。抜かりのあるはずがない。

「そして明後日《あさって》、アリーシアを連れ帰る。二日がかりの慎重な作戦だ」

固く決意しているグラントリーにライナーが気がかりそうな目を向けた。

「エズメやヨハンは納得したのか」

「むしろものすごく乗り気だよ。ジョージまで作戦に参加すると言い出した。ろくなものを食べていないだろうからと言ってな」

グラントリーはアリーシアが屋敷の者の心をつかんでいたのは知っていたが、料理人にまで大事に思われているとは知らず驚いたことを思い出す。

「アリーシアは私が戻って来いと言ってもきっと聞き入れはしないだろうが、エズメやヨハンの言うことならきっと聞くだろう。それはそれで悔しいが」

ライナーは嘆くグラントリーの肩をポンと叩いた。

「それもこれも、若の評判を傷つけたくないという娘心だろ。心配するな。若はアリーシアに大事に思われてるさ」

その言葉にわずかに慰められるグラントリーである。

「これでだめなら最後は抱えて連れてくる。最初の時みたいにな」

「今度こそ飛竜便の事務所にも顔を出させてくださいよ」

それでアリーシアがグラントリーのもとにとどまってくれるのなら、いくらでも飛竜便で働くがいい。グラントリーはそう思いながら、ようやっと御者に帰る指示を出したのだった。


アリーシアは今日も窓から外を見ていた。ここ数日、よく竜が飛んでいるのだ。

「グラントリー様が乗っていたりしないかな」

遠くから見ても竜の色などわかりはしないのだけれど、濃い色に見えるとショコラかもしれないと思う。

「自分から出てきたのに、迷惑をかけないようにって思っていたのに、未練がましいのはだめね」

手を伸ばしても北の国の本はない。何一つ持たずにあの日屋敷を出たアリーシアは、町の中心を目指すつもりだった。商会のようなところはまず無理だろうから、下働きが必要な料理店か宿を探す。住み込みで働けるところならなおよい。

意気込んで前だけ向いて歩いていたから、早朝だというのに不審な馬車が停まっていることに気づかなかったのだ。屋敷の外で待ち構えていたのはバーノン家の使用人で、抵抗する間もなく捕まり、馬車に詰め込まれてしまった。

連れていかれたのはバーノン家の屋敷ではなく、今いるこの小さな家だった。窓から見ると外は白い柵に囲まれていて、母親と住んでいた家が思い出されて切ない気持ちになる。

なにもわからないまま連れてこられたが、すぐに父親がやって来た。

「やっとシングレアの屋敷から出てきたな。今度は私が行かないとだめかと思っていたが、出てきてくれて助かった」

顔を合わせるなりそんなことを言い出したのでアリーシアは少し驚いたが、アリーシアの都合などまったく考えないこのやり方が父親らしいとも思ってしまった。そして義母や義姉の訪問がいつものただの意地の悪さではなく、父親の差し金だったということに気持ちが暗くなる。

何度裏切られても、父親を信じたいと思うのはなぜなのだろう。アリーシアのことなどこれっぽっちも気遣ってくれたことなどないのに。

「お前の嫁ぎ先が決まった。若い後妻を探している裕福な商人だ。伯爵家など目ではないくらい贅沢な暮らしができるぞ」

この人は何を言っているのか。アリーシアはもうどこから反論していいかわからないほど父親のことが理解できず、苛立つばかりだった。

「贅沢な暮らしをしたいと思ったことなどありません」

反発されるとは思わなかったのか父親の眉が上がった。

「それに、結婚もしません。もうすぐ私は一六歳になります。つまり成人ということです」

「成人するのは知っている。だから結婚の話をしているのだろう」

「結婚はしません。そこをどいてください。これから仕事を探さないといけないから」

「仕事をする必要などない」

アリーシアは首を傾げた。どうしても父親と会話ができない。同じセイクタッドの言葉を使っているはずなのに、母が亡くなってから父親がアリーシアの言うことを理解したことなど一度もなかった。

「お父様。知っていますか」

「何をだ」

アリーシアの静かな問いかけに、父親が苛立たしげにだが返事をした。よかった。これは通じたようだ。父は結婚を前提に話をしているが、アリーシアは結婚などしないのだから、自分がなぜ働かなければいけないのかをわかってもらわなくてはならない。

「生きていくにはお金がかかるのですよ」

「当たり前だろう」

「お金がなかったら、服を売らなければならないんです。服がなくなったら、花瓶やお皿を。椅子を買ってくれた人もいました。医者を呼ぶためには、それでも足りなくて、仕事を探してお駄賃をもらわなければいけないんです」

「お前……」

アリーシアが生きていくのに必死だった頃のことを話し始めると、父親の顔色が悪くなった。

「それでもお金がない時は、一つのパンを半分にして、それを一日一回だけ食べるのよ。なんとか仕事が見つかった時は、お母様に果物を買うの。果物を買わずに、パンを買ったほうがお腹はすかないのだけれど、お母様は果物のほうが好きだから」

「やめろ！　それは私のせいじゃない！　ハリエットのせいだ！」

父親は顔色を青くして後ずさっていった。

「いいか。この家から出るなよ。出たらシングレアに迷惑がかかるんだからな！」

ドアをバタンと音を立てて父親が出ていった後には、護衛と称する見張りと、一人の使用人が残った。

「お金のためには仕事をしなくてはいけないと言おうとしただけなのに。どうしてお父様には話が通じないのかな」

つぶやいたアリーシアは、二階の寝室に追いやられ、それからずっと用事がある時以外はそこに閉じ込められている。

窓の外を見ていると、トントンとドアを叩く音がした。食事を置きますよという合図だ。食欲はなかったが、アリーシアはのろのろとお盆を取りに行った。

「体を作らないと、逃げ出せないもの」

アリーシアは父親の言う通りに嫁ぐつもりなどなかった。護衛は交代するようで顔ぶれは変わるが、一人しかいないからいつか隙をついて逃げ出すつもりだ。

アリーシアの家族はお母様だけだ。成人するまではと我慢していたが、もはや家族とは思えない父親のために嫁ぐなど嫌だった。

グラントリーの元には素直に行ったではないかという心の声がするが、それはそっと心の底に抑え込む。あの時は状況が違ったものと自分に言い訳をしながら。

エズメもヨハンも自分の心の声を聴く大切さを教えてくれた。アリーシアはもう、誰かの心の痛みを引き受けて我慢することはしたくないし、アリーシアのために誰かの人生に迷惑をかけることもしたくない。グラントリーの屋敷がどんなに居心地がよくても、アリーシアがいることで迷惑がかかるのなら、いなくなったほうがいいのだ。

ドアを開けてお盆を持ち上げると、料理の感じがいつもとちがう。

「オレンジがついてる。それにお野菜が花びらみたい」

料理人のジョージさんがよく作ってくれたっけと懐かしく思い出す。スプーンでひとさじスープをすくうと、懐かしい味がする。

「帰りたい」

ぽつりとこぼれ出た言葉は、アリーシアの心の声だ。がたりと廊下で音がしたのは、見張りの人が動いたせいだろう。

「いいえ、帰ってはいけないの。グラントリー様にはふさわしい人がきっといるはずだから」

自分に言い聞かせながら食事を終えたアリーシアは、その日いつもより近くを飛ぶ竜を、飽きることなく眺めて過ごしたのだった。

次の日の朝食の後、いつもより静かなような気がしてアリーシアは部屋のドアをそっと開けた。見張りはおらず、耳を澄ましても、誰もいる気配がない。

「もしかして、今なら抜け出せるかも」

アリーシアは急いで上着を来て、部屋から静かに抜け出し、階段を下りた。そこまで来ても人の気配はない。アリーシアがおそるおそる玄関の扉に手を伸ばした時、カツンカツンと、表から扉を叩く音がした。

「ひっ」

思わず飛びのき、あたりをうかがったアリーシアだったが、家にはやはり誰もいないようで、人が出てくる気配はない。

「すみませーん」

扉を叩いたのは出入りの商人のようだ。アリーシアは恐る恐る玄関を開けてみた。ちょうど逆光で見えにくかったが、背の高い男性が何か一枚紙を持って立っていた。

「すみません。求人に来ました」

「求人？」

「事務所の人が足りなくて。仕事ができる人はいないかなって」

わざわざ家を回って求人するなんて聞いたことがない。アリーシアは戸惑ったが、それより気になることがあった。何となく聞き覚えのある声なのだ。

アリーシアは顔が見えるように少し移動し、そして目を見開いた。

「うちの事務所で、アルトロフ語ができる人を募集してるんだよ」

「グラントリー様！　眼帯が！」

わざと声を変えていたのか、すぐにはわからなかったが、一度そうだと知ってしまえばグラントリー以外の誰の声でもなかった。それに眼帯がない。一度も見たことのない眼帯の下には、左目を縦に切るように一文字の長い傷跡が走っていた。

　グラントリーは紙を持っていない左手で、傷跡のある左目を覆った。

「眼帯があったほうがかっこいいかな」

「いいえ。いいえ、グラントリー様は眼帯があってもなくても素敵です」

「ぐっ」

　グラントリーは押しつぶされたような声を出して口元を覆った。そんなグラントリーを見てアリーシアはハッとして家の中に戻ろうとした。そもそもグラントリーのそばにいてはいけないと思ったから屋敷を出てきたのではないか。悠長に話をしている場合ではない。

　なぜこんなところにグラントリーがいるのか、なぜ求人に来ているのかと考えるより前に、逃げ出さなければということでアリーシアの頭の中はいっぱいだった。

「アリーシア」

　グラントリーに呼ばれて、ドアノブに手をかけたアリーシアの足が止まった。

「仕事をしたくないか。飛竜便の事務所は、活気があっていいぞ。ライナーは口うるさいけどな」

　ほうっておけよと、白い柵の向こうからライナーの声がしたような気がした。

「したい、です。でも」

「今なら給料も弾むし。で、そのついででいいから、アリーシア」

　アリーシアはその優しい声に、思わず体を半分だけグラントリーのほうに向ける。グラントリーの明るい穏やかな声が大好きで、思わず引き付けられてしまうのだと、アリーシアは今頃気がついた。グラントリーは小さな声でささやいた。

「私の婚約者でいてくれないか」

アリーシアはドアノブをギュッと握ってうつむいた。

「でも私。背中に傷があって。グラントリー様が悪く言われるのは、いやなんです」

「アリーシア。こっちを見て」

アリーシアは首を横に振って目をギュッとつぶった。

「アリーシア」

その声はさっきより近くで聞こえた。思わず目を開けると、かがみこんだグラントリーの顔が目の前にあった。

「私の傷は、醜いか」

「いいえ。いいえ」

グラントリーは微笑むと悲しそうに首を横に振った。

「いいや、私の傷は醜いよ。でもね」

そしてアリーシアの反対の手を取り、そっと自分の顔に押し当てた。

「醜いはずの傷を、気にしない人がいる。ヨハン、エズメ、ジョージ、ライナー。私の家族に、友人たち。そして君だ。アリーシア」

傷がついていたからといって、グラントリーの太陽のような温かさが変わるわけではないのに。

「君の傷跡も、きっと醜いんだろう」

グラントリーはきれいごとを言わない。いくら気にしないと言っても、傷跡が気にならないわけがないからだ。だが、それだけではなかった。

「だけど、君の世話をするエズメがそれを気にしたことはあるかい？」

アリーシアはいいえと首を振った。

「君の傷跡は、君が頑張ってきた印だ。君が私の傷を気にしないように、私も君の傷が気にならないよ」

「でも、他の人はどう思うでしょう」

「他の人なんてどうでもいいんだ」

その言葉に、エズメの顔が頭に浮かぶ。いつもアリーシアの気持ちを聞いてくれていた人だ。

「アリーシア様は、どうしたいですか」

家の中から、ひょこっと顔を出したのはエズメだった。家の中には誰もいないはずだったのに。

「エズメは昨日しっかりと聞きましたよ。アリーシア様の本当の気持ちを」

アリーシアの目はまた大きくなった。昨日、廊下でがたりと音がしたのはもしかして。

「屋敷の外でだって、しゃれた料理はお手の物だ」

「ジョージ」

エズメの後ろから顔を出しているのは料理人のジョージだった。それでは昨日の料理が懐かしい味がしたのは。外を見ると、柵に寄りかかっていたライナーが片手を上げた。止まっている馬車の

御者席にはヨハンがいる。

アリーシアはドアノブを握っていた手を離し、思わず胸に押し当てた。一人自分を憐れんでいた昨日、アリーシアは気づかなかったけれど皆がそばにいてくれたのだ。

「まだ私一人の魅力ではアリーシアには足りないかと思って、人手を集めておいたんだよ。なにしろ私は婚約者殿に逃げられた男だからね」

苦笑しているグラントリーの目は、相変わらず晴れた日の青空のようだった。アリーシアの口からこぼれ落ちたのは、本当の気持ちだった。

「帰りたい」

「よし！　求人成功だ！　それ！」

アリーシアはグイッと抱えられると、あっという間に馬車に乗せられてしまった。バーノン家からもこうしてあっという間に連れ出してくれた、あの時のことを思い出してアリーシアは思わず涙ぐみそうになったが、それどころではない。大きな馬車だが、わらわらとエズメやジョージにライナーも乗り込んできて、馬車はぎゅうぎゅう詰めになってしまった。

隣を見上げると、グラントリーはいつの間にかまた眼帯をつけてしまっていて、アリーシアにはそれが少し残念な気がした。

「正直に言って、婚約者がどんなものなのか私もよくわからない。いったい何をしたらいいいんだ」

そんな風に問われても、アリーシアにだってよくわからない。グラントリーは答えを求めていなかったようで、アリーシアの返事がなくても話を続けた。

「だが、君の父親には話はつけてきた。もう邪魔をされることはないはずだから、二人でゆっくり考えていかないか」

婚約するということが、この温かい人の隣にいるということなら、それ以上何も考えなくてもいいのではないかとも思う。アリーシアは小さく返事をした。

「はい」

心の声をそのままに。私がここにいてもいいのかもしれないと思わせてくれた人のそばに。

馬車はゆっくりと屋敷に向けて走り出した。


「さあ、アリーシアが戻って来たことだし、最後にもう一人、話をつけなくてはならない人がいる」

アリーシアが屋敷に戻ってきてすぐのこと、グラントリーがこう言い出した。

「そもそも、アリーシアがここを出るきっかけを作った人だ」

「まあ、坊ちゃま。もしかして王女殿下のことですか。もうすぐお隣の国に行ってしまう人ですもの、放っておいたらよろしいんですよ」

エズメがお茶の用意をしながらあきれたように肩をすくめた。

「私のその、大事な婚約者の評判を落としたんだぞ。絶対に許さない」

グラントリーの苛烈な言葉に、アリーシアは驚いた。アリーシアに傷がたくさんあることはもう知れ渡ってしまっているし、こういった噂は決して消えない。アリーシアは傷のある女として一生人に噂され続けるだろう。だが、それがグラントリーには迷惑ではないというのであれば、アリーシアは噂されても仕方がないと思っていた。

だがそれよりもアリーシアは、大事な婚約者と言われたことのほうが耳に残り、なんとなく嬉しくてもじもじとしてしまう。

「アリーシア様。成長なさって」

なぜエズメがそんなことを言うのかわからなかったけれど。

そんなアリーシアに、グラントリーは強い視線を向けた。

「アリーシア。傷を見せるのは嫌か」

「坊ちゃまはまだまだですこと」

アリーシアのもじもじに気づかなかったグラントリーにあきれた目を向けたエズメは、それでも言葉を重ねた。

「嫌に決まってますよ。そもそも傷のあるのは背中なんですよ。傷があるかどうかではなく、背中を見せること自体が恥ずかしい……」

アリーシアの代わりにまくし立てていたエズメの言葉が途中で止まった。

「夜会、ならば。背中を見せるドレスは普通ですが。アリーシア様には背中が見えないデザインをと考えておりました」

夜会どころか、社交の場には一度も出たことのないアリーシアだが、この二人の会話から、グラントリーがアリーシアを夜会に連れていきたいのだなということはわかった。

「デライラ王女はもうすぐ隣国に嫁ぐが、その前に、親しいものを招いての夜会がある。私も聖竜の家に連なるものとして招かれているが、そこにアリーシアを連れていきたい」

「でも私、まだデビューもしていなくて」

「そこでデビューさせる。要は王に言葉をもらえばいいわけだからな」

成人してすぐに結婚する少女の中には、一年に一度のデビューの会に間に合わない者もいる。そこでこういう形のデビューが認められているのだという。

「私はこの眼帯を外して、傷跡を隠さず出るつもりだ。そしてアリーシア」

「坊ちゃま！　いけません。若い女性に傷跡をさらせなどと、そんなむごいことを！」

アリーシアはエズメがいちいち代わりに怒ってくれるので、思わずおかしくなってクスクスと笑ってしまった。

「まあ、アリーシア様」

珍しいアリーシアの笑い声に、すっかり毒気を抜かれたエズメが急におとなしくなってしまい、アリーシアはしばらくクスクス笑いが止まらなかった。

「かまいません。でも、王女殿下が気に病まないでしょうか」

「アリーシア。そんなに優しすぎてどうする。もしアリーシアに婚約者がいなければ、一生結婚などできないかもしれないほどのひどい噂を流されたんだぞ」

「でも、事実ですから」

なぜだかグラントリーが頭をかきむしっている。

「君は背中の開いた白いドレスにショールをかけて出るんだ。そして私の指定するタイミングで、ほんの少し傷を見せる。それだけでいい」

「でもそれで、アリーシア様の縁談が遠のいてしまったら……」

手を揉むエズメに、アリーシアはついに声をあげて笑い出してしまった。

「エズメ、いいか、よく聞け」

グラントリーが静かに言い聞かせた。

「アリーシアは、私と婚約をしているんだから。縁談の必要はないだろう?」

「あらまあ、そうでした。坊ちゃまもせいぜいお若い方に負けないように着飾りませんとねえ」

「エズメ!」

暗い闇の底にいるようだったバーノンの屋敷とは違う。この屋敷はまぶしいほどに光があふれているとアリーシアは思うのだった。

259　竜使の花嫁
～新緑の乙女は聖竜の守護者に愛される～

エピローグ　帰るところ

アリーシアは背中の傷を見せることがどう大切なのかはわからなかったが、大急ぎで準備したドレスの仕上がり後すぐに、夜会に出かけることになった。

肩をきれいに見せるために、初めて髪を上げたアリーシアは、鏡に映った自分を不思議な気持ちで眺めた。

「お母様みたい」

今まで母親と色が違うと父親に責められ続けてきたアリーシアだが、こうやってみると、髪の色が金色なら母親とそっくりのような気がした。ほっそりとした首元に、長い手袋。白いドレスは首も背中も大きく開いているが、高いウエストから下に広がっていて優雅だ。くるっと回って背中を見ると、確かにたくさんの傷跡を斜めに横切るように大きな傷跡が走っている。

エズメに散々褒められたアリーシアは、美しいドレスに少しのぼせた気持ちでグラントリーを待った。やがて迎えに来たグラントリーは、アリーシアを見て息を呑んだ。

「おとぎ話の妖精とは、きっとこんな感じなんだろう。可憐だ」

それが褒め言葉かどうか今一つわかりにくかったが、グラントリーの目が優しく細められたのでアリーシアは満足だった。

しかしグラントリーは少し困ったような顔をした後、ためらいながらもアリーシアの手を取った。

「こんなことを頼むのは失礼だとはわかっているが、私に背中を見せてくれないか」

「背中？」

おそらく傷を見たいということなのだろうが、アリーシアはなぜためらうのか理解できず、ほんの少し首を傾げたが、素直に後ろを向いた。

「ああ、これはまずい」

やはり傷が醜いのだろうか。アリーシアは悲しくなってきゅっと身をすくめてしまった。

「違う、違うよアリーシア」

慌てたようなグラントリーの声がして、後ろからそっと肩を抱かれた。醜いなら触ろうともしないだろう。背中の温かさにほっと力を抜くアリーシアの頭の上で、グラントリーがふうっとため息をついた。

「醜くなんかない。傷だってアリーシアの一部だから。だが」

だが、なんなのだろう。アリーシアはグラントリーの顔を見たくて体をねじろうとしたが、肩を抱く手に止められてしまった。

「アリーシア、今ちょっと私の顔は見ないでくれ」

正面でエズメがやれやれという顔をしているので、アリーシアはちょっと笑い出しそうになる。

「誰にも見せたくなくなった。アリーシアは私の婚約者なんだから、背中の傷も、私だけのものだ」

グラントリーの言うことは不思議でよくわからなかったけれど、醜いから見せたくないのではないことはわかった。

やがて肩からそっと手を離されたアリーシアは、ティアラを頭に乗せてもらい、ショールをふわっと肩にかけたら完成である。傷は見事に隠れている。

「では、参りましょうか、婚約者殿」

どうやらいつものグラントリーに戻ったようだ。

「はい」

「やれやれ、せいぜいが幼馴染《おさななじみ》ってとこですねえ、まだ」

エズメの嘆きを背後に聞きながら、二人は城に向かった。

「そういえばグラントリー様は眼帯を外さないのですね」

眼帯を付けないで行くと言っていたような気がしたが。

「しかるべきタイミングが来たら外すつもりだ」

グラントリーの答えにそうなのかとアリーシアは素直に頷いた。眼帯があってもなくてもグラントリーはグラントリーだ。

内輪の会というから、何人くらい人が来るのかと思っていたアリーシアがグラントリーと共に通されたのは、城の大広間であった。大きな扉が開いて招かれたホールは広く、一〇〇人は下らない紳士淑女で込み合っていて、なぜ言っておいてくれなかったのかとアリーシアはひそかにグラントリーを恨めしく思った。だが、そんなことを気にしている場合ではない。二人が入った途端、広間は入口から見事に静まり返った。

「グラントリー・シングレア伯爵。アリーシア・バーノン子爵令嬢」

紹介の声と共に、グラントリーに片手を預けて、優雅に膝を折って一礼する。アリーシアが顔を上げると、ざわざわと声が戻り始めた。

「アリーシアがあまりに可憐だから、その話題で持ちきりだね」

そんなわけがないと思うアリーシアは、周りの人がどう思っているのかはもう気にせず、キラキラ光る燭台《しょくだい》やドレスに目を奪われながら、王のもとにゆっくりと進んだ。それはまさしく社交界に初めて出る初々しい令嬢そのもので、珍しい緑の瞳の美しさと繊細さと共に周りの話題をさらっていたことに、アリーシアだけが気がついていないのだった。

当然、そのことに気分がよくないものもいる。今日の主役のデライラ王女であり、よく見るとアリーシアに向けている目は厳しい。グラントリーがニヤリとした気配を感じ取ったアリーシアは不思議に思ったが、王に挨拶することで頭がいっぱいでそれ以上深くは考えられなかった。

王女の前を通り過ぎ、王に挨拶しようとしたその時だ。

「待ちなさい」

デライラの声が飛んだ。挨拶する順番を間違えたのかと不安になってグラントリーを見上げると、グラントリーは不敵に微笑んでいるだけだ。

「そこの者。デビューの挨拶に来たのなら、そのショールは取りなさい。最低限の礼儀も知らないの？」

アリーシアは戸惑ったが、素直にショールを外そうとした。するとなんと、王自身に止められた。

「事情は承知している。そのままでよい」

「お父様！」

「陛下と呼びなさい。礼儀知らずはどちらか」

公式の場だからこそ親子であってもけじめをつけねばならない。王に叱責された王女はしぶしぶといった様子で黙り込んだ。

アリーシアは、ここでも膝を曲げて優雅に礼をした。

「顔を上げよ」

王の声にゆっくり顔を上げると、アリーシアの目の色や姿にやはり称賛の声が上がった。

「飛竜使いの婚約者は大変なことも多かろうが、よく務めよ」

「はい。ありがとうございます」

この王の一言で、アリーシアは社交界に出ることだけではなく、グラントリーの婚約者であることを認められたことになる。隣のグラントリーを明るい表情で見上げると、アリーシアは晴れやかな気持ちで王の元を去ろうとした。

「待ちなさい」

王女の声と共に、アリーシアのショールは後ろからむしり取られた。もちろん、開いた背中からは、アリーシアの傷跡が丸見えになった。グラントリーは慌てたようにアリーシアを抱きしめる。

だが、背中を隠すように抱いているグラントリーの腕のせいで、かえって隙間から見える傷跡が目立ってしまった。

「なんとひどい」

「おお」

一瞬の沈黙の後、人々の声が次々と上がった。一番大きいのはやはり若い少女が傷を負ったことへの同情の声であったが、中にはもちろん、気味が悪いという声もあった。

だが、両手を胸の前で握りしめ、うつむきながらグラントリーに守られている姿を見てかわいそうと思わない者はいない。次第に同情の声が増えていった。それと共に、ショールをはがして得意そうにしている王女の姿に眉をひそめる者も多い。

「陛下。殿下方。そして皆様」

アリーシアを抱えていたグラントリーは、左手だけをアリーシアから外し、その手を眼帯にかけた。そして眼帯を少しずつはいでいく。

やがて皆の前には、左目に一文字に入るグラントリーの傷があらわになった。それはグラントリーの右腕だけでは隠せないアリーシアの背中の同じく一文字の傷と、まるでお揃いであるかのように見えた。

「私のこの傷は、デライラ王女殿下をお守りした名誉の傷と心得ます。そしてわが婚約者アリーシアの背中の傷も同じ。決して恥じるものではありません」

グラントリーは普通なら、自分の手柄をあからさまにするような人ではないとアリーシアは知っている。だが、ここではっきりと二人の傷の出来た原因がデライラ王女だと、皆の前で明らかにする必要があったのだ。

「ですが、わが婚約者はまだ成人したばかりのいたいけな身。どうかご配慮賜《たまわ》りますよう、お願い申し上げます」

グラントリーの朗々とした声は広間の隅々まで響き、人々の心を打った。そしてその非難の目は、その傷を人前にさらさせたデライラのほうに向かった。デライラは動揺して思わず余計なことを口走ろうとした。

「な、なによ、そんな醜い傷」

「デライラ。口を閉じよ」

王の静かな一喝《いっかつ》でデライラは黙った。成人した王族が公然と叱責されること自体が恥ずべきことである。だが、これ以上余計なことを言われては、せっかくの縁談にも差し支える事態にもなりかねないという王の判断だろう。

「その傷はシングレアの言う通り、名誉の傷である。わが娘を守ってくれたことを二人に感謝する」

グラントリーはそっとアリーシアを王のほうに向かせると、二人で深々と頭を下げた。これでグラントリーだけでなくアリーシアの傷も、公《おおやけ》の場で認められたことになる。堂々とした二人の退場に、誰も文句を言うものはいなかったし、これでアリーシアの傷のことをとやかく言うものはいなくなるだろう。

アリーシアは馬車のところに戻ってきてやっと緊張の糸がほどけた気がした。

「アリーシア。すまなかった。ほんの少しだけ傷を見せるつもりだったんだが。あいつがあそこまでやるとは思わなかった」

グラントリーが頭を下げたが、アリーシアは少し笑ってかぶりをふった。王女殿下にあいつなどと言うグラントリーがおかしかったからだ。

「傷があることが知られるのはかまわないの。グラントリー様とお揃いだから」

「アリーシア」

グラントリーが狙ったのもまさにそれで、傷を後ろめたいものではなく、王女を守った名誉の印と皆に思わせることに成功したことになる。

「もしかして、ショールをつけたままにしていたのはわざとですか？　王女殿下ならやりそうなことを予想して？」

「私がそんな性格の悪いことをするように思うか？」

性格が悪いとは思わないが、策を巡らすことはあるとは思うアリーシアはあいまいに微笑んだ。だって、アリーシアを連れ戻す時にあんな芝居をしてみせたのはグラントリー自身ではないか。

だがアリーシアの顔からはすぐ微笑みが消えてしまった。

グラントリーの機転で、王女をかばってできたアリーシアの傷の話は美談へと変わっていく。しかしそれが落ち着けば、今度は身分の違いや、アリーシアの母親がアルトロフ出身であることが問題にされることもあるだろう。

やはりアリーシアは、グラントリーの婚約者としてふさわしいとは言えないのかもしれない。アリーシアは胸の前でギュッと手を握った。グラントリーはその様子にすぐに気がついてくれた。

「どうした、アリーシア」

「いいえ、なにも」

首を横に振るアリーシアだったが、グラントリーのその気遣いは落ちていきそうなアリーシアの心をすっと引き上げてくれるものだった。

母が亡くなってから、父も、義理とはいえ母や姉もいたはずなのに、アリーシアにはどこにも居場所がなかった。そのアリーシアに、居場所を与えてくれた人。一度逃げだしたアリーシアを、それでも追いかけてきてくれた人。

そばにいたいと思う。グラントリーにふさわしい人になるために努力しようと思えるほどに。

アリーシアは手をほどいてそっと膝の上に置くと、顔を上げた。真昼の空の青の瞳がアリーシアを優しく見つめている。

「君の目はいつ見ても南の海の色だね」

「グラントリー様の目はやっぱりお空の色です。皆と同じ青のはずなのに、ひときわ明るくて」

たわいない会話が心をほどいていく。

「アリーシアの緑の目は、やはり母君と同じなのかい」

「ええ、髪はお父様と、目はお母様とそっくりと言われていました」

そう答えたもののアリーシアは何かが頭に引っ掛かっている感じがして首を傾げた。めったに話さない母のことを口にしたからだろうか。いや、違う。

「巫女姫の、緑」

アリーシアの目を見てそう言ったのは、アルトロフの使者の人だった。グラントリーが怪訝そうに眉を上げる。

「巫女姫？」

「はい。最初に王女殿下が来た時、アルトロフからの使者の方が一緒でした。その方が私の目を見て、驚いたようにそう口にしたんです」

アリーシアは頬に右手を当てて、その時のことを詳しく思い出そうとした。

「それだけしか言わなかった気がする。そしてその時に思ったんです。グラントリー様の青い目が空の色であるように、アルトロフの緑の目にも、いろいろな色があるのかしらって」

「ふうむ。だが巫女姫というのはずいぶん珍しい色の表し方だね。アルトロフとはほとんど交流がないから、独特の表現なのかもしれないが」

確かに翻訳していても、アルトロフの表現はずいぶん修辞的《しゅうじてき》で、セイクタッドの言葉と比べると大げさでもあるとアリーシアも思う。

「だが、アリーシアが気になるのなら、母君のことを調べてみないか」

アリーシアの母は、自分のことをほとんど話さなかったから、知らなくていいのだと思うようにしていた。だが、これからそれがグラントリーの婚約者としての障害になっていくのなら、知るための努力をしなければならないのではないか。

「前回の飛竜便はちょうどアルトロフに行ったんだよ。一〇年以上前に駆け落ちした女性というだけではずいぶん曖昧《あいまい》かもしれないが、商売をするものが行けるところなど限られているから、そこを調べれば何かがわかるかもしれない。どうする？」

　あくまでアリーシアの意見を尊重する気持ちを嬉しいと思った。

「お願いします」

　アリーシアは頭を下げた。母のことを調べるということは、母の実家がわかるかもしれないということだ。もしかしたら、独りぼっちではないかもしれない、親戚がアルトロフにいるかもしれないということなのだと思うと、急に胸がドキドキした。

「でも、まず、もっと勉強をしないと。グラントリー様にふさわしいように。それから飛竜便でお仕事もして」

「アリーシア、そんなに急がないで。ゆっくりやっていこう。私たちは縁あって婚約者になったけれど、まだ出会ったばかりだ」

　焦るアリーシアに、落ち着いたグラントリーの声がなだめるように響く。

　揺れる馬車の向かう先は、冷たいバーノンの家ではない。

「さあ、帰ろうか」

「はい」

　温かい、アリーシアが居てもいい場所なのだ。

おまけの話　竜の飛ぶ空

アリーシアは、お気に入りのオレンジ色の服を身に着けると、さっきから玄関ホールをうろうろと行ったり来たりしていた。

今日はエズメと一緒に、ジョージの買い物のお手伝いで町まで出かける日なのだ。

お屋敷での生活に慣れるまではと、外出を控えていたので、久しぶりの町に、心が浮き立つ思いである。

バーノン家にいたときは、たとえ時間があったとしても、町に出る気力もお金もなかった。そう考えてみると、楽しい気持ちで町に出るのは母と暮らしていた時以来である。

「まあまあ、アリーシア様。春先とはいえまだまだ寒うございます。コートを羽織ってまいりましょうね」

ふっくらとした体に暖かそうなコートを着ているエズメは、常々本人が言っているように、ころんと丸い飴玉のようにかわいらしい。そしてなぜか腕にはアリーシアのコートを抱えていた。

体に合った暖かい服があるだけで幸せですと言う前に、コートを着せられたアリーシアは、エズメとジョージに挟まれつつ市場まで馬車で送り届けられた。

「それで、ジョージ、今日は何を買うんですか？」

エズメは目的ありげに、でもゆっくりと人込みを進むジョージに尋ねている。

「果物だ」

簡潔な返事に、アリーシアの心はまた浮き立った。

果物は大好きだ。お母様と暮らしていた時は、よく食べたものだ。

シングレアのお屋敷では、食事やおやつに果物や甘いものがよく出るから嬉しい。

「冬越しのオレンジがうまい季節だからな」

「アリーシア様の今日のお召し物にぴったりの買い物ですね」

アリーシアだって本当は、ジョージが果物など買い出しに行く必要などないとわかっている。アリーシアを外に連れ出すために、わざわざ持ち運びできるくらいの量の買い物に来てくれたに違いない。

その時、市場の人が一斉に空を見上げる。

「竜だ！」

「飛竜便の帰ってくる日か、今日は」

アリーシアの心臓がぽんとはねたような気がした。

「あらあら、今日はいつもよりお帰りが早いですね」

エズメの驚いたような声に、アリーシアはそわそわと竜とエズメを交互に見てしまった。

「いいんですよ。坊ちゃまだって、アリーシア様に早く帰ってもらうより、買い物させてやってくれって言うに決まってます」

アリーシアが何も言わなくても、エズメは何でもわかってくれる。

「坊ちゃまのためにも、いいオレンジを選ばなくてはな」

「はい」

だから、ジョージの言葉にも素直に頷くことができた。

オレンジを買って市場をぶらぶらして帰る途中、香ばしいパンのにおいする。

「あれは……」

角のベーカリー。パンだけでなく、焼き菓子も売っていて、アリーシアが小さい頃よくお使いに行っていたお店だ。

「もしかしてアリーシア様の知っているお店ですか?」

目ざとく気が付いたエズメが楽しそうに聞いてくれる。

「ええ、よくパンをおまけしてくれて」

籠を持ってお使いに出た自分が、今にでも店から出てきそうなくらいだ。お母様がいた、楽しかった日々のことが懐かしく思い出された。


「パンを一つおまけしてもらえた」

アリーシアは、買い物でいっぱいの籠をぶんぶんと前後に振りながら、ニコニコと家路を急いでいる。ついでに背中では三つ編みもぶんぶんと左右に揺れている。お母様が大好きよと言って、毎日とかしてくれるつやつやの黒髪を、最近は自分で結えるようになったのが自慢だ。

けれども、歩きながら、先ほどのパン屋さんでの買い物を思い出すと、思わず下を向いてしまい、自然と歩みが遅くなる。

「最近は、ばあやさんはどうしたね。前は一緒に来てただろ」

「膝が痛くて、歩くが大変になってきたの。だから私は買い物担当」

アリーシアは市場で買ったお芋の入っている籠をパン屋のおじさんに見せた。

その籠のお芋の上には、今はパンが載せられている。そしてお芋の下には人参が入っているのだ。

「そうかい。小さいのにお使いに来れてえらいな」

「ありがとう」

お礼を言ったものの、アリーシアは思わず首を傾げてしまった。アリーシアは九歳だが、近所の同じくらいの年の子たちは、みんなお手伝いするのは当たり前で、褒められるようなことではないからだ。

「使用人の代わりに買い出しだって。訳アリの子は哀れだねえ」

「そんなこと言ったって、貧しい家の子よりましさ。見てごらん、あのきれいな服をさ」

周りの人にひそひそとささやかれるのはいつものことだ。だが、アリーシアは、セイクタッドの言葉があまり上手ではなかったので、今まではその人たちが何を言っているのかよくわかっていなかった。

でも、ばあやの代わりに買い物に出るようになって、町の人たちとたくさん話をしていたら、いままで知識でしか知らなかった言葉と現実が面白いようにつながるようになった。

「ずいぶん上手にしゃべれるようになったね。まるでセイクタッド生まれのようだよ」

野菜を売っているお店で褒められたこともある。まるで、じゃなくてセイクタッド生まれですよ、と、市場のおばさんには言い返したかったけど、そう返事をしたら、だったらなぜそんなに言葉がたどたどしかったんだい、と聞かれてしまうだろう。いくら言葉がわかるようになっても、そんなことを説明できる気がしなかったアリーシアは、ニコニコと笑顔を見せてごまかした。

「そういえば、前にばあやさんと一緒に来た時に、この子の母親は外国のお人なんでねえ、って言ってたっけ」

自分の知らないところで自分のことが知られているというのは不思議なものだったけれど、時々遊ぶ近所の子どもたちにはアリーシアのような子はいなかったし、珍しくても仕方がないのかもしれない。

そして今ひそひそとアリーシアの話をしているおばさんたちもそうなのだろう。

アリーシアは、目をキラキラさせておばさんたちのほうに振り向いた。

知らない言葉を覚えるチャンスだ。

「訳アリってなんですか。どうして哀れなの？」

おばさんたちは気まずそうな顔をして、何も答えずにそそくさと店を出て行ってしまった。

「そうか、きっとよくない言葉なんだ」

アリーシアの知らないアリーシアのことを知っていて、ちゃんと聞いてくれる人はいいことを言ってくれる。ひそひそと話す人は、きっとよくないことを言っている。

「お外はこんなにもたくさんのことを学べるのに」

どうしてお母様は外に出ようとしないんだろう。

お店を出て行ったおばさんたちのほうをぼんやりと向いていると、後ろからゴホンと咳払いの声が聞こえた。

「まあ、なんだ。お使いが上手にできたから、パンを一つおまけしてやろう。昨日の売れ残りだけどな」

「わあ、ありがとう！」

今度のありがとうは心からのありがとうだ。アリーシアは顔を輝かせると、弾むような足取りで店を出て、家に急ぐ。

「訳アリってなんのことか、ばあやに聞いたらわかるかな？」

なんとなく、聞いたら叱られるような気もする。

それでも聞いてみようと顔を上げたら、行きかう町の人たちが足を止めて空を見上げているのが見えた。

「雨？　でもお日様が差しているけど」

つられて見上げたアリーシアの目に、鳥よりも大きな三つの影が見えた。

「鳥？」

「なんだ、お嬢ちゃんは初めて見るのかい？」

アリーシアのつぶやきを聞いて、近くにいた人が声をかけてくれた。

こくりと頷くと、親切にこう教えてくれる。

「あれは聖竜様さ。正確に言うと、聖竜様のお子様ってことになるが、まあ聖なる血筋には変わりはねえ」

「せいりゅう。竜？」

アリーシアがはっと目を輝かせると、その人は満足そうにうなずいた。

「ああ、荷物を運んで今日も帰ってきたってわけだ」

なぜ荷物を運ぶのか、帰ってくるってどういうことか、アリーシアには聞きたいことがいっぱいあったけれど、今はそんな場合ではない。

「お母様に知らせなくちゃ！　竜が飛んでるって！」

家に向かって走るアリーシアの背中で三つ編みが踊る。

お母様は竜が大好きなのだ。

「お母様の生まれたアルトロフは、竜の棲む国なのよ」

そういっていくつも竜の出てくるおとぎ話を聞かせてくれたものだ。

「お母様！　竜が空を飛んでる！　早く早く！」

「あらあら、慌てないで、アリーシア。レディが走るものではないわ」

たしなめるお母様に、お話の中のレディはお使いに行ったりもしないわと言い返しそうになったアリーシアだが、そんな場合ではないと思いぐっとこらえる。

「竜よ！　ほんとなの！」

やっとお母様を玄関の外に連れ出したアリーシアは、竜がまだ空にいるのを確認して胸をなでおろした。

むしろさっきよりも近くて低いところを飛んでいる気がする。

「まあ。まあ」

お母様は両手を組むと祈るように胸に当てた。

「本当に竜だわ。こんなに近くで見られるなんて」

隣で見上げると、きれいな緑の瞳には涙さえ浮かんでいる。

低く飛ぶ三頭の竜は、やがて建物の陰に隠れて見えなくなった。

「あのね、あの竜はせいりゅうの子どもなんだって、町の人が言ってたよ」

「子どもの竜なんて、本国ですら見たことがないわ。聖竜の守りし国、セイクタッド。本当だったのね……」

お母様はいつまでも竜が飛んだ空を見上げていたのだった。


「それからは、引きこもりがちだったお母様も、少しは外に出て空を眺めるようになったんです。

よく考えたら、あの時の竜に、グラントリー様が乗っていたかもしれないんですね。さっき見た空と同じでした」

小さい頃のアリーシアも、遠くからだけれど、グラントリーやショコラを見たことがあるのかもしれないと思うととても楽しい気持ちになる。

「どうして忘れていたんだろう。ショコラたちは聖竜の子どもだって。あの時確かに聞いていたのに」

「小さい頃のことなんて、忘れて当然ですからね。不思議でもなんでもありゃしませんよ。それよりお店に入ってみましょうか」

エズメに誘われて、どうしようかとお店を眺める。

小さい頃の自分を知っているかもしれない人に会うのは、ちょっと怖い気もするアリーシアである。

「ちょっと待った！」

「グラントリー、様？」

ようやっとなじんできた声に振り向くと、そこにいたのは、腿に手をついて息を切らしているアリーシアの婚約者だ。

よほど急いだのか、竜に乗るときの服そのままである。

「アリーシアと町にお出かけって、そんな楽しいイベントをなんで俺がいないときにするんだよ」

「まあまあ、坊ちゃま。アリーシア様には好きなことをさせてやれっておっしゃっていたのに？」

エズメがあきれたように口に手を当てる。

「好きなことをさせてやるのはいいけど、お出かけはあれだろ。あれ」

「あれ、とは？」

「婚約者と一緒にしたら、もっと、その、楽しいだろ」

そういって横目でアリーシアの様子をうかがうグラントリーは、眼帯があってもちょっと子どもっぽく見える。

アリーシアの記憶に温かく灯る記憶、飛竜便で初めて会った時の、空の瞳の若君だ。

「アリーシア、今、俺の顔を見て笑ったよな。何か付いてたか？　空を飛ぶとよく羽虫が付いてるんだよな。顔を洗ってから来るべきだったか」

「坊ちゃま。レディの前に来るのに、よもや身だしなみも整えず出ていらしたと？」

「しまった」

エズメとグラントリーのやり取りに、アリーシアはついに声を上げて笑い出した。

「アリーシアが、笑った？」

「坊ちゃまがだらしないからでございます」

くすくすと笑い続けるアリーシアの心に今、明かりを灯したのは、身だしなみを整える間も惜しんで、走って会いに来てくれたグラントリーだ。

「グラントリー様、パンを買いに行きたいんです。一緒に行ってくれますか」

「もちろんだ、婚約者殿」

気取って腕を差し出すグラントリーに、アリーシアはそっと寄り添った。

ArianRose
アリアンローズ
アリアンローズ
大好評発売中!!
異世界転生した翔子のチートは、癒しの力とイケメンで甘い世話人!?
多忙な前世と真逆の、まったり自由な異世界ライフはじめます！
異世界でのんびり癒し手はじめます
～毒にも薬にもならないから転生したお話～
著：カヤ　イラスト：麻先みち

結婚式当日に妹と婚約者の裏切りを知り、家の警備をしていたジローと一緒に町を出奔することにしたディア。
故郷から遠く離れた辺境の地で、何にも縛られない自由で穏やかな日々を送り始めるが、故郷からディアを連れ戻しに厄介者たちがやってきて――？
嫉妬とか承認欲求とか、そういうの全部捨てて田舎にひきこもる所存
著：エイ　イラスト：双葉はづき

竜使の花嫁
～新緑の乙女は聖竜の守護者に愛される～

＊本作は「小説家になろう」（https://syosetu.com/）に掲載されていた作品を、大幅に加筆修正したものとなります。
＊この作品はフィクションです。実在の人物・団体・事件・地名・名称等とは一切関係ありません。

2024年2月20日　第一刷発行

著者 ……… カヤ

イラスト ……… まろ
発行者 ……… 辻 政英
発行所 ……… 株式会社フロンティアワークス
〒170-0013　東京都豊島区東池袋3-22-17
東池袋セントラルプレイス5F
営業　TEL 03-5957-1030　FAX 03-5957-1533
アリアンローズ公式サイト　https://arianrose.jp/
フォーマットデザイン ……… ウエダデザイン室
装丁デザイン ……… 鈴木 勉（BELL'S GRAPHICS）
印刷所 ……… シナノ書籍印刷株式会社

二次元コードまたはURLより本書に関するアンケートにご協力ください

https://arianrose.jp/questionnaire/

● PC・スマートフォンに対応しております（一部対応していない機種もございます）。
●サイトにアクセスする際にかかる通信費はご負担ください。